Un problema
de confianza

Gill Sanderson

HARLEQUIN®
Tiempo para ti™

NOVELAS CON CORAZÓN

Editado por HARLEQUIN IBÉRICA, S.A.
Hermosilla, 21
28001 Madrid

I.S.B.N.: 84-396-9381-8
Depósito legal: B-16058-2002
Editor responsable: M. T. Villar
Diseño cubierta: María J. Velasco Juez
Fotomecánica: PREIMPRESIÓN 2000
C/. Matilde Hernández, 34. 28019 Madrid
Impresión y encuadernación: LITOGRAFÍA ROSÉS, S.A.
C/. Energía, 11. 08850 Gavá (Barcelona)
Fecha impresión Argentina:16.4.03
Distribuidor exclusivo para España: LOGISTA
Distribuidor para México: PUBLICACIONES SAYROLS, S.A. DE C.V.
Distribuidores para Argentina: interior, BERTRAN, S.A.C. Vélez
Sársfield, 1950. Cap. Fed./ Buenos Aires y Gran Buenos Aires,
VACCARO SÁNCHEZ y Cía, S.A.
Distribuidor para Chile: DISTRIBUIDORA ALFA, S.A.

Capítulo 1

LA FIGURA alta y vestida de blanco de Chris McAlpine estaba a la puerta de la sala de partos número tres con el rostro completamente inexpresivo. En el interior, podía ver a Henry Trust, especialista de obstetricia y ginecología, que estaba examinando a una mujer que yacía sobre la cama.

—Hasta ahora, todo parece ir bien, señora Price —dijo Henry, con un tono de voz indiferente—. Vendrá un partero a atenderla dentro de un minuto. Siento que sea un hombre.

—Usted también es un hombre, ¿verdad? —jadeó la señora Price—. No me importa lo que sea mientras pueda ayudarme.

—Sí, claro, pero yo soy médico —replicó Henry—. Hay diferencia.

Chris tosió y entró en la sala. No quería que Henry pensara que había estado escuchando la conversación. Lo que Henry Trust pensara o dijera ya no le importaba, porque como médico era mediocre y no sabía tratar a la gente. Sin embargo, Chris tenía que trabajar con él, así que, por el interés de sus pacientes, tenían que comunicarse amistosamente.

Henry pareció sobresaltarse al verlo entrar. Musitó algo a la mujer y se marchó enseguida. Lo que hubiera dicho no interesaba a Chris. Tenía una paciente de la que ocuparse.

—Hola, señora Price. Me llamo Chris McAlpine, pero puede llamarme Chris. ¿Le importa si yo la llamo

Emma? –le preguntó a la mujer, con una sonrisa de oreja a oreja.

–Llámame lo que quieras mientras podamos ponernos enseguida manos a la obra.

–Ahora mismo, Emma –contestó Chris. Entonces, se volvió al hombre que, con un aire algo incierto, estaba apoyado contra la pared y le extendió la mano–. Joe Price, ¿verdad? –añadió–. Sé que estos son unos momentos muy duros tanto para el esposo como para la esposa, pero estoy aquí para ayudaros a los dos. Y todo parece ir muy bien, Joe.

–Pues está tardando mucho –comentó el hombre–. No creí que sería... así.

Chris sabía que aquel era el primer hijo de la pareja y que, a pesar de la preparación al parto, los vídeos y las charlas, el momento del parto era algunas veces un shock.

–Terminará todo muy pronto –dijo Chris, para darle ánimos–. Ahora voy a examinar a Emma y después podremos charlar un poco si quieres. Son las diez y media, Emma –le dijo a la mujer, mientras se ponía unos guantes de goma–. ¿Crees que tu hijo nacerá hoy o mañana?

–Hoy sería mucho mejor. Me estoy cansando mucho... ¡Ay! Esa contracción me ha dolido...

–Respira esto –le aconsejó Chris, dándole una mascarilla que suministraba un gas, Entonox, que ayudaba a aliviar el dolor–. Te facilitará las cosas.

Emma hizo enseguida lo que le había indicado y pareció relajarse.

–¿No deberíamos volver a llamar al médico? No quiero que mi esposa sufra más de lo necesario. ¿No deberían ponerle anestesia epidural o algo?

–No creo que sea necesario todavía, Joe, pero no te preocupes, porque, en cuanto lo sea, llamaré –le aseguró Chris. Al volverse, vio que Joe estaba muy pálido y con el rostro cubierto de sudor–. Hace mucho calor aquí. ¿Por qué no vas a pasear un poco por el pasillo o tal vez a tomar un poco de aire fresco? No va a ocurrir nada durante un rato y te sentirás mucho mejor.

–Sí, vete a pasear durante un rato, Joe –le animó Emma–. Así luego podrás estar conmigo agarrándome de la mano.

Joe se lo pensó durante un minuto. Entonces asintió y se marchó.

–Siempre ha sido un poco aprensivo, pero está muy emocionado con el nacimiento del niño y lo desea tanto como yo...

El parto iba progresando normalmente, aunque tal vez no tan rápido como Emma hubiera querido. Joe regresó con mucho mejor aspecto y le dio la mano a su esposa. Parecía estar mucho más tranquilo.

El tiempo fue pasando. Era ya más de medianoche y Emma parecía agotada. Sin embargo, el niño estaba perfectamente. De repente, Emma gritó:

–Tengo que empujar. No puedo evitarlo.

Chris la examinó rápidamente.

–La dilatación es casi completa –dijo Chris–. Ya no queda mucho, pero debes jadear en vez de empujar.

Entonces, llamó rápidamente para pedir ayuda. La que contestó fue Tricia Patton, una comadrona en prácticas con la que Chris no había trabajado antes. Sin embargo, la joven llevaba en la unidad más de un mes, mucho más tiempo que el propio Chris. La muchacha llegó enseguida.

Había llegado el momento en el que Emma debía ponerse a empujar. Chris sabía que el esfuerzo resultaba agotador para ella, pero la mujer hizo todo lo que él le pidió.

–Lo estás haciendo estupendamente, Emma –le decía–. Vamos, ya no queda mucho. ¡Tu hijo está a punto de nacer!

Su entusiasmo era contagioso. Vio que Tricia también sonreía y le guiñó un ojo. Entonces, le indicó a la joven comadrona que fuera a la cabecera de la cama y que entretuviera a la parturienta mientras él administraba un anestésico local para hacer un pequeño corte en el perineo para facilitar el tránsito de la cabeza del niño. A continuación, le indicó a Tricia que fuera a buscar un espejo para que la agotada madre pudiera ver cómo salía la cabeza de su hijo.

–¡Joe, es nuestro hijo! ¡Ya le veo la cabeza!–gritó Emma, con una mezcla de dolor y de excitación.

Entonces, el bebé salió poco a poco. Primero los hombros y luego el resto del cuerpecito. Chris dejó que Tricia tomara al bebé, que era una niña, lo envolviera en una toquilla rápidamente y la colocara entre los pechos de su madre.

En aquel momento, Joe se acercó para poder ver a su hija. Chris notó las lágrimas que había en los ojos del recién estrenado padre.

–Me encanta esta parte –dijo Chris–. Ahora sí que parece que hemos realizado un trabajo bien hecho.

Dejaron que los nuevos padres disfrutaran de unos momentos con su hija. A continuación, le pidieron a Joe que se echara a un lado para poder terminar con el resto de los procesos y asegurarse de que todo iba bien. Tras examinar al bebé, le colocaron tres bandas para identificarlo. Estaban cosiendo el perineo de la madre cuando Henry Trust apareció por la sala.

–¿Ha ido todo bien? le preguntó a Chris.

–Chris ha sido maravilloso –respondió Emma, antes de que él pudiera hacerlo–. Me lo ha hecho todo muy fácil. Este hospital tiene mucha suerte de contar con él.

Aquello no pareció ser lo que Henry quería oír.

–Bien, llámenme si es necesario –dijo el médico, antes de salir de nuevo por la puerta.

–Ni siquiera ha pedido ver al niño –comentó Joe, sorprendido de la actitud del médico.

–Bueno, es un hombre muy ocupado –mintió Chris–. Ya hemos terminado, Emma. Voy a prepararlo todo para que te lleven a una habitación. ¿A que es preciosa?

–He trabajado con otras comadronas, pero no parecen vivirlo tanto como tú –dijo Tricia–. Estabas disfrutando mucho, ¿verdad? Significó mucho para ti.

–No tanto como para Emma y Joe –respondió Chris–, pero creo que atender a una mujer en su parto es mucho más que un trabajo. Es un privilegio.

–Supongo que sí, pero tú eres la primera persona a la que oigo decirlo. Por cierto, ¿cómo sabes cuando ha llegado el momento de cortar el perineo? –le preguntó la joven matrona mientras ambos regresaban a la sala de comadronas.

–Bueno, supongo que ya sabes que se realiza un pequeño corte para evitar que se rasgue . Un corte limpio es mucho más fácil de coser que si se ha rasgado. Si se ve que la piel se está tensando tanto cuando la cabeza del bebé está empujando para salir que crees que hay riesgo de que se rasgue, hay que cortar. Ya viste lo tensa que estaba la piel de Emma, tanto que estaba blanca y no había elasticidad alguna. Además, había sido un parto muy largo y la niña podía haber empezado a sufrir si no hubiera sacado la cabeza pronto. Cuando ayudes con otro parto, pide si puedes mirar el perineo y trata de comparar la piel que veas con lo que acabas de ver en el parto de Emma. Me temo que la experiencia es el único modo de aprender.

–Lo sé.

Llegaron a la sala de comadronas y las dos miraron la pizarra que explicaba cómo estaban los pacientes. Chris anotó que Emma Price había sido trasladada a una habitación.

–Bueno, Tricia, ¿te gusta trabajar como matrona? –preguntó Chris–. Para algunas personas está bien en teoría, cuando todavía están estudiando, pero cuando ven un parto de verdad...

–He disfrutado cada momento –respondió la joven–. Quiero dedicarme a esto. Bueno, ¿quieres que te traiga un café mientras terminas de escribir tus notas?

–Sí, por favor. Bien cargado, sin leche y sin azúcar.

Chris terminó de escribir su informe y luego se tomó el café que Tricia le había llevado.

–Me han dicho que no llevas mucho tiempo trabajando aquí –comentó Tricia–. Solo un par de semanas, ¿no?

–Eso es. Antes estuve trabajando en Londres.

–¿Estás...? Bueno, ¿tienes esposa? Te lo pregunto porque no llevas anillo, pero, si estás casado, tal vez a tu esposa y a ti os gustaría venir a la barbacoa del hospital. Se celebrará dentro de dos sábados, en Dennis Park.

–No estoy casado, Tricia, nunca lo he estado y, por el momento, no tengo perspectivas de estarlo. Vi un anuncio sobre la barbacoa y pareció bastante interesante.

–Bueno –comentó Tricia, de un modo casual–, va un grupo de la unidad. Entonces, tal vez te gustaría venir conmigo. Nos podríamos reunir con ellos.

–Me parece una idea estupenda, pero supongo que Dennis Park está a las afueras de la ciudad, por lo que no podré beber mucho. ¿Por qué no encuentras otras tres o cuatro compañeras y os llevo a todas? Tengo un cuatro por cuatro bastante grande.

Tricia se sintió muy desilusionada, pero trató de ocultarlo.

–Será estupendo –dijo–. Preguntaré.

Chris se terminó su café y se puso de pie para estirarse.

–Creo que voy a dar un paseo. Necesito relajarme un poco.

–¿No encuentras que trabajar por las noches acaba pudiendo contigo después de un tiempo?

–No. Te acostumbras –respondió Chris.

Sin embargo, una sombra pareció cubrir su rostro. En el pasado, a menudo había tenido que trabajar por la noche. No era algo que le gustara pensar tantos meses después... No obstante, trabajar como partero era diferente.

Chris empezó a pasear por el pasillo y pasó por las otras unidades del hospital. Se movía silenciosamente, pero con celeridad. Un observador muy cuidadoso se podría haber dado cuenta de que parecía cojear ligeramente de la pierna derecha, pero era casi imperceptible.

Salió de la maternidad y respiró el aire fresco. Aquel lugar era mucho mejor que Londres. Había un cálido viento procedente de los páramos de Yorkshire y le parecía que, incluso, se notaba el olor de la sal del mar. Sí, efectivamente, era muy feliz allí, trabajando en el Hospital General de Ransome.

Durante unos diez minutos, estuvo andando a buen paso por el jardín. Entonces, con idéntica rapidez, volvió a entrar en el hospital. Sabía que lo avisarían por medio de su busca si lo necesitaban, pero no le gustaba estar alejado durante mucho rato de su puesto.

Todo estaba tranquilo, por lo que decidió ir a su taquilla y sacar un libro de texto para leer. A las dos y media lo llamaron para ayudar en un parto. Entonces, a las cinco, llegó un taxi que transportaba a una tranquila Melanie Coutts y a su marido. Melanie ya había tenido tres hijos y conocía todo perfectamente.

–Tengo contracciones cada quince minutos –le informó a Chris–. Ya sabía yo que no iba a poder dormir toda la noche tranquilamente.

Tricia ayudó a Melanie a desvestirse y a meterse en al cama. Después, Chris fue a examinarla. Encontró que el proceso de dilatación iba muy avanzado. Cuando terminó su turno, Melanie ya estaba instalada, por lo que le deseó buena suerte y fue a hablar con Norma Parr, la comadrona que iba a sustituirle.

—¿Todavía te gusta trabajar aquí? —preguntó Norma, alegremente—. ¿Sigues contento con tu trabajo? ¿Sabes que los primeros diez años son los peores?

—Sí, todavía me gusta —respondió Chris.

Norma se echó a reír.

—Y tú ni siquiera te puedes quedar embarazado como el resto de nosotras y tomarte unos meses de baja.

—Nunca se sabe lo que la ciencia moderna podría desarrollar —replicó Chris—. Bueno, Norma, yo me marcho.

Justo antes de terminar su guardia, Chris fue a consultar su casillero y encontró una nota dirigida a él.

Estimado señor McAlpine:

Dado que se incorporó a nuestra unidad mientras yo estaba ausente, me gustaría conocerlo y presentarme. Según tengo entendido, ahora tiene dos días libres. Tan pronto como regrese, ¿podría venir a verme con la mayor celeridad posible?

J. Taylor, Jefa de Enfermería de Obstetricia y Ginecología.

A Chris le pareció una nota algo brusca. No se le daba la bienvenida ni se le felicitaba por conseguir el puesto. Tal vez, aquel era el modo de ser de aquella mujer, aunque le parecía que el resto de las matronas parecían respetarla. Sabía que la carta la había enviado Joy Taylor, quien, desgraciadamente, había estado haciendo un curso cuando él había sido elegido para ocupar el puesto. Aquella mujer ni lo había visto ni lo había entrevistado. Al menos, tras recibir aquella carta lo harían muy pronto.

Cuando salió del hospital, lo recibió una gloriosa

mañana de agosto. Era demasiado hermosa como para irse a la cama enseguida. Por ello, se montó en su vehículo todoterreno y recorrió los seis kilómetros que lo separaban de su casa.

Vivía en una minúscula casita en un pueblo cercano. La había alquilado durante un año y tenía la posibilidad de adquirirla al final del mismo si así lo deseaba. Tenía un pequeño jardín delantero y otro trasero, que era algo mayor. Este último tenía una maravillosa vista de las colinas y del mar. Como no sabía nada sobre jardinería, tendría que aprender.

Se puso la ropa que utilizaba para hacer jogging y luego bajó corriendo por una carretera que llevaba hasta los acantilados. Nunca se cansaba de aquella ruta. Algunas veces la recorría corriendo, otras paseando, pero nunca parecía la misma. Unos metros más abajo se veía y se escuchaba el mar, cuyo aroma a sal le inundaba los sentidos.

Después de media hora, volvió corriendo hacia su casa, se duchó y se preparó un ligero desayuno. Mientras comía, recorrió con la mirada, muy orgulloso, su pequeña casita. No tenía muchos muebles, pero le parecía muy acogedora.

Finalmente, estuvo listo para meterse en la cama. Durante un rato, estuvo mirando al techo, preguntándose si tendría aquella pesadilla. No lo había hecho durante algún tiempo. Entonces, se quedó dormido muy rápidamente.

Dos días más tarde, volvió a su trabajo. Durante un tiempo, estaría en horario de mañana. Su horario sería de siete y cuarto de la mañana hasta las tres de la tarde. Como siempre, llegó temprano porque le gustaba empezar el día bien organizado. Comprobó los pacientes que se le habían asignado y vio que volvía a estar en la sala de partos, a pesar de que le habían dicho que tal vez le asignaran para trabajar en uno de los otros departamentos.

—No vayas a la sala de partos enseguida —dijo Alice McKee, la coordinadora de turnos—. Limítate a trabajar en donde se te necesite. Me han dicho que vayas a ver a Joy a las nueve. ¿Sabes dónde está su despacho?

—Sí —respondió Chris—. Iré muy puntual.

No sentía miedo, solo curiosidad. Cualquier jefe podría juzgarse por su departamento. Y aquel le parecía muy bueno a Chris.

—¡Vaya! Así que vas a ver a nuestra Joy —le dijo otra comadrona unos minutos más tarde—. Pues te advierto que no es muy simpática.

—¿No? —preguntó Chris, en un tono neutro de voz—. Pensé que todo el mundo le tenía simpatía.

—¡Claro que sí! Es la mejor jefa para la que he trabajado, pero está demasiado obsesionada por su carrera. No piensa en nada más que en su trabajo. Tampoco creo que tenga demasiado sentido del humor. Además, se supone que está saliendo con Henry Trust.

—Si está saliendo con Henry Trust debe de tener sentido del humor —replicó Chris. No sentía respeto alguno por Henry.

Rápidamente, se dirigió al despacho de Joy Taylor.

—Soy Chris McAlpine —dijo, al entrar—. Creo que quería verme.

La mujer que había sentada tras el escritorio le extendió la mano.

—Señor McAlpine —respondió, fríamente, sin apartar los ojos de los papeles que cubrían la mesa.

Chris le estrechó la mano y, entonces, ella levantó los ojos y sus miradas se cruzaron. En aquel momento, el mundo de Chris McAlpine, meticulosamente organizado, se vino abajo. De repente, su vida le pareció diferente. Nunca antes había conocido a una mujer como aquella. ¿Qué había tan especial en ella? Bueno, en realidad, muchas cosas.

Sin poder evitarlo, Chris la miró fijamente. ¿Qué le estaba ocurriendo? Entonces, se dio cuenta de que a ella le estaba pasando lo mismo. Sabía leer las expresiones del rostro y el de aquella mujer era completamente transparente en ese instante. Sabía lo que estaba sintiendo con tanta seguridad como si ella se lo hubiera dicho. Notó una dilatación involuntaria de la pupila en aquellos gloriosos ojos grises. Entonces, contuvo ligeramente el aliento y se lamió ligeramente los labios. Cada uno sabía lo que el otro estaba sintiendo. No obstante, ninguno de los dos podía decir nada.

Estuvieron mirándose el uno al otro durante lo que pareció una eternidad. Después, ella pareció reaccionar y retiró la mano, que aún estaba entre los dedos de Chris.

–Por favor, siéntese –le dijo, indicándole una silla que había al otro lado del escritorio.

Chris hizo lo que ella le había pedido y notó que, entre los papeles que tenía sobre el escritorio, estaba la solicitud que él había rellenado. Aquello les dio a ambos tiempo para pensar. Mientras él la miraba a ella, Joy Taylor miraba el formulario.

Era más alta que la media. El uniforme no podía ocultar las generosas curvas de su cuerpo. Tenía el cabello largo y oscuro, recogido en una trenza. La tirantez con la que llevaba recogido el cabello enfatizaba aún más sus pómulos y sus cejas, espesas y oscuras, sin depilar, lo que le agradó. Sus ojos eran grandes y de un color gris oscuro.

Sobre el pómulo izquierdo tenía un lunar y Chris recordó... ¿qué recordó? Recordó que... ¿Por qué vagaba su mente de aquella manera?

De repente, los gruesos labios de su boca se tensaron. Entonces, ella frunció el ceño. Algo no le agradaba. Sin embargo, no dijo nada. Lo miró con un gesto casi enojado, como si se sintiera traicionada por sus propias emociones. Chris sabía que su propio rostro tampoco podía ocultar emoción alguna.

Entonces, ella dejó con un golpe seco los papeles encima de la mesa y aquel ruido pareció despertarles como de un trance.

—Me llamo Joy Taylor y soy la jefe de enfermería de obstetricia y ginecología. Siento que no nos hayamos conocido antes, pero he estado en un curso en Londres.

—Administración para Jefes de Enfermería en un Hospital, impartido por la profesora Miriam Gee.

—¿Conoce el curso?

—He leído sobre él en las revistas médicas y también he leído los dos libros de la profesora Gee. Me pareció que los libros eran muy interesantes. Sus argumentos en defensa de un hospital dirigido por las enfermeras y no por los médicos resultan muy persuasivos. ¿Estuvo bien el curso?

—Sí, era un curso muy bueno. A menudo sugirió que... –dijo. Entonces, pareció recordar la verdadera razón de aquella entrevista. Su voz perdió entusiasmo y se puso algo tensa–. Veo que se le eligió hace tres semanas y que empezó a trabajar una semana después. Se ha dado mucha prisa.

—Hacía falta en el hospital –respondió Chris–. Además, se me debían algunos días de vacaciones de mi último trabajo.

—Se lo agradecemos mucho.

—Me gusta moverme rápido.

—Eso de la velocidad está muy bien, aunque no en la sala de partos, espero.

—Los niños suelen marcar ellos mismos el ritmo.

—Veo que estudió en el hospital Santa Matilda de Londres y que luego trabajó dos años allí –observó ella, examinando los papeles–. Tiene unas referencias excelentes y, evidentemente, sintieron mucho que los dejara. ¿Por qué decidió mudarse?

—Bueno, necesitaba marcharme de la ciudad. Quería vivir en algún sitio con aire más limpio y agua más pura. Además, deseaba vivir en una pequeña comunidad. En Londres, ya nadie se presta atención, pero, efectivamente, allí obtuve mucha experiencia.

—Ya me lo imagino —replicó Joy, con la voz todavía más hostil que antes—. Veo que, antes de prepararse como partero, estuvo en el ejército durante siete años. Según tengo entendido, lo tuvo que dejar por una lesión.

—Sí, cojeo un poco, pero puedo recorrer todavía largas distancias, aunque no con una mochila de cuarenta kilos a la espalda.

—Voy a hablarle sinceramente, señor McAlpine. No sé nada de entrenamientos militares ni de cómo piensa un militar, pero algunos de los ex soldados que me he encontrado en un hospital no eran demasiado... ideales.

—El doctor Garner era militar —señaló Chris, astutamente. David Garner era uno de los especialistas de obstetricia y ginecología. Ella se sonrojó ligeramente.

—El doctor Garner y yo trabajamos muy bien juntos —musitó ella—. Y estoy segura de que... también trabajaré bien con usted —añadió, de mala gana.

—Si descubre que estoy haciendo algo mal, espero que me lo diga. Siempre estoy dispuesto a aprender.

—Estoy segura de ello. ¿Por qué ha elegido el campo de la maternidad? ¿Por qué no eligió Urgencias? Yo habría creído que tratar con accidentes y traumatismos sería mucho más apropiado para un ex militar.

—Ya he visto bastante de eso. Además...

—¿Sí?

—El campo de la maternidad parece irme bien.

—¿Podría ser más exacto?

—En la maternidad se traba de la salud, no de la enfermedad ni de las lesiones. Afirma la vida, es algo positivo... Me gusta.

—Eso suena a un discurso que ha ensayado para las entrevistas.

—Posiblemente, pero es absolutamente cierto.

—Hmm. Tengo que decirle que no estoy segura de aprobar a los parteros. Creo que es un área de la medicina que tal vez debería reservarse exclusivamente a las mujeres.

—No es un punto de vista poco frecuente, pero, a menudo, he descubierto que piensan así más las matronas de más edad que las madres a las que he tenido que atender.

—La experiencia personal que yo he tenido con los hombres que se dedican a esta profesión no ha sido buena. He trabajado con dos. Uno era pésimo y el otro se creía que era un regalo de Dios para las mujeres y no hacía más que causar problemas. Sin embargo, usted tiene derecho a que se le juzgue por sus propios méritos.

Chris se preguntó si terminaría ya de interrogarle. No estaba seguro de por qué Joy Taylor mostraba tantos prejuicios contra él. Tal vez aquel era su modo de tratar la atracción que los dos habían sentido. Él mismo tampoco estaba seguro de cómo enfrentarse a ella...

—¿Sabe que había otra candidata para el puesto? —le preguntó ella, volviendo al ataque—. Paula Jones. Hizo parte de sus estudios aquí. A mí me pareció que era una buena candidata y le dí unas referencias excelentes.

—Sí, la conocí. No se tomó demasiado mal no conseguir el trabajo, ya que sabe que no tendrá problemas para encontrar otro. ¿La habría preferido a ella?

—La decisión final es la del consejo de dirección —replicó Joy—. Veo que tiene unas inmejorables referencias del doctor Garner. Además, él, muy adecuadamente, decidió abstenerse de la votación porque dijo que lo conocía.

–Estuvimos juntos en el ejército durante algún tiempo.

–¿Y?

–Espero mostrarme digno de sus recomendaciones.

Chris no quería hablar del tiempo que había pasado en el ejército, pero decidió ofrecerle algo a cambio.

–Puedo entender su falta de entusiasmo por mí. No consiguió a la persona que quería, no le gustan los militares ni los parteros. Todas son causas legítimas para quejarse. Si dentro de seis meses puede decirme con toda sinceridad que no sirvo para este trabajo, me marcharé.

–¿Habla en serio? –preguntó ella, perpleja.

–No digo nunca nada que no vaya en serio.

–Bien... –susurró. Se notaba que estaba algo confusa–. Acaba de unirse a mi unidad y no creo haberle dado a nadie la bienvenida tan fríamente como a usted... Lo siento. Estoy segura de que realizará muy bien su trabajo. Por favor, no se ofenda.

–No lo haré. Me gusta hablar a la cara. ¿Puedo marcharme ahora?

–Oh... sí, claro. Y recuerde que si tiene algún problema, estaré encantada de que lo comente conmigo –dijo, con una sonrisa forzada. Sabía que aquella pequeña afirmación no encajaba bien con lo que había dicho antes.

Chris se puso de pie y entonces lo recordó. Habló sin poder contenerse.

–Margaret Lockwood.

–¿Cómo dice?

–Lo siento, es solo algo personal que acabo de recordar.

–Pues tendrá que explicarme el porqué ha mencionado a esa mujer. Estoy intrigada.

–Usted tiene un lunar en la mejilla y me ha recordado a alguien. No lograba recordar a quién y, de repente, me vino a la memoria. Margaret Lockwood. Una vez interpretó a un salteador de caminos... bueno, a una salteadora. Era una actriz muy importante en las películas inglesas de los años cuarenta. Era una belleza muy famosa.

–Oh... Creo que la he visto en televisión –musitó ella, sin saber qué decir–, pero no se parece a mí. Bueno, eso es todo, señor McAlpine.

–Gracias. Y, por favor, llámeme Chris.

A partir de entonces, fue un día como otro cualquiera. Chris asistió en un parto y, cuando tuvo tiempo, fue a ver a Emma Price y a su hijita. Una vez, se encontró con Joy en el pasillo. Ella caminaba con la habitual celeridad de las enfermeras y a Chris le agradó ver la gracia con la que se movía. Su cuerpo parecía ser tan hermoso en movimiento como en reposo. Se saludaron cortésmente y él se preguntó si aquel breve intercambio habría significado tanto para ella como lo había sido para sí mismo. Esperaba que así fuera.

Después de otro parto, llegaron las tres. Chris se cambió y se marchó a su casa. Un día corriente, a excepción de su reunión con Joy Taylor.

Al llegar a su casa, se cambió de ropa y decidió ir en su coche hasta los páramos de Yorkshire. Allí, estuvo paseando durante un par de horas. Entonces, se sentó sobre unas piedras y admiró la vista. En el valle, se veía un pueblo en el que bullían, como pequeños puntos, sus habitantes, con sus vidas y sus preocupaciones.

Tenía treinta y dos años. La mayoría de las personas con las que había estudiado estaban casados o tenían relaciones estables. Él no. Le gustaban las mujeres y se llevaba bien con ellas. Durante los siete años que había pasado en el ejército, nunca se había sentido lo suficientemente atraído por una mujer como para establecer una relación permanente, a pesar de haber conocido a varias. Entonces, había tenido que dejar el ejército.

Su preparación y sus prácticas como partero le habían dado muchas oportunidades de conocer a mujeres atractivas y sin compromiso. Había salido con bastantes de ellas, pero todavía no había conocido a la mujer con la que quería pasarse el resto de su vida.

¿Y Joy Taylor? En primer lugar, no sentía ninguna simpatía por él. Bueno, no le gustaba el Chris McAlpine que había conocido a través de aquella solicitud. Sin embargo, se había producido una corriente entre ellos, una chispa que los dos habían reconocido. Los dos sabían lo que el otro había sentido y, por lo tanto, los dos eran vulnerables.

Cuando decidió ir al Hospital General de Ransome, nunca habría esperado aquello. Había buscado huir de los problemas, no toparse con ellos. Tal vez, sería mejor que se marchara dentro de seis meses, pero no quería hacerlo. Deseaba quedarse y conocer mejor a Joy. Había algo más que aclarar entre ellos.

Capítulo 2

CREO QUE me gustaría verte trabajar –le dijo Joy, de repente, al día siguiente–. No es que vaya a evaluarte, pero me gusta ver cómo trabaja mi equipo.

Era temprano, justo antes del cambio de turnos de las siete y cuarto y ella había ido a buscarle a la sala de comadronas.

–Creo que es una buena idea. A mí no me importa –respondió Chris–, y tú tienes todo el derecho a hacerlo, pero, ¿sabes que dos de las coordinadoras de turnos, Alice McKee y Alison Ramsey, ya me han inspeccionado?

–Sí, lo sé y las dos han redactado informes muy favorables sobre tu trabajo, pero sigo necesitando verlo por mí misma.

–En ese caso, te llamaré a tu despacho cuando se me asigne el siguiente caso.

–Por cierto –añadió Joy, cuando los dos ya se habían dado la vuelta para marcharse–, anoche estaba en la biblioteca y... me encontré con una foto de Margaret Lockwood. No se parece en nada a mí.

–El estilo de peinado es diferente –afirmó Chris–, pero si te lo dejaras suelto... Las dos tenéis ese lunar en la mejilla y sois ambas unas mujeres muy atractivas.

Sabía que no debería haber dicho aquello. Sabía que no resultaba muy profesional, pero había veces en las que había que correr el riesgo. Tal vez ese riesgo había merecido la pena porque ella se sonrojó un poco.

–Bueno, llámame cuando tengas algún caso y vendré enseguida.

Con eso, Joy se marchó. Mientras observaba cómo se marchaba, Chris decidió que había encontrado un pequeño punto débil en su armadura. Estupendo. Entonces, fue a ver a la comadrona a la que iba a reemplazar.

–June Tilling acaba de entrar en la segunda etapa –le dijo la mujer–. Sin embargo, la cabeza del niño sigue estando demasiado alta. El único problema es que el marido está muy nervioso. Insistió en que fuéramos a buscar a un médico enseguida. Pensé que sería mejor hacer lo que quería solo para que se tranquilizara, pero llegó Henry Trust y no se mostró muy colaborador, por lo que ahora el hombre está furioso. Es una pareja madura y este es su primer hijo.

–Estupendo –respondió Chris, pensando que aquel no era el caso que quería que observara Joy–. ¿Está bien la madre?

–Es un cielo. Muy tranquila y muy sufridora... Supongo que, con ese marido, tiene que serlo. Buena suerte, Chris. Vas a necesitarla.

En primer lugar, telefoneó a Joy y luego se dirigió a la sala de partos número dos. En cuanto entró, supo la clase de hombre que el esposo de la parturienta iba a ser. Arrogante y agresivo.

–¿Quién es usted? –rugió, cuando Chris entró en la sala–. ¿Qué está haciendo aquí?

Era un hombre de baja estatura, con un colorido chaleco y un desagradable bigote. Chris había conocido antes a hombres como él. Sabía que con él no servirían las peticiones para que razonara, pero a Chris solo le importaba su esposa, no él.

–Le he preguntado qué está haciendo aquí –le espetó el hombre, antes de que pudiera contestar.

–Me llamo Chris McAlpine, y soy el partero –respondió. En aquel momento, vio que Joy entraba por la puerta–, y esta es la enfermera Taylor, que dirige la unidad de Obstetricia y Ginecología.

–La preferimos a ella. No le necesitamos a usted. No queremos un hombre. Tenemos derechos, ¿sabe?

–Claro que sí, señor Tilling. Nos aseguraremos de que se respeten sus derechos. Ahora, ¿le importa esperar fuera, por favor, mientras examino a su esposa?

–¡Usted no va a hacer nada de eso!

–Yo estaré aquí, señor Tilling, y puedo asegurarle que todo va a ir perfectamente –afirmó Joy.

–Bueno –replicó el hombre, al notar la firmeza de la voz de Joy–. Volveré dentro de diez minutos, pero no me gusta –añadió, antes de salir.

Enseguida, Chris se presentó e hizo lo mismo con Joy. Como la anterior comadrona le había dicho, la señora Tilling era un encanto.

–No le prestes ninguna atención a Harold –le pidió la mujer–. Está muy nervioso porque es nuestro primer hijo y yo soy algo mayor para tener niños.

–¿Tiene alguna objeción a que no le asista en el parto una mujer? –quiso saber Joy.

–No. De hecho me gusta, pero algunas veces Harold se excede.

–Bien –dijo Chris–, ahora es mejor que se relaje, señora Tilling. ¿Le importa si la llamo June?

Chris empezó a examinar a la paciente bajo la atenta mirada de Joy y controlaba el estado del niño. Mientras lo hacía, fue charlando con June para tranquilizarla.

Con mucho cuidado, Chris empezó a palparle el vientre. Entonces, tomó las manos de la madre y le mostró suavemente dónde tocar.

–Toca este lado. Esa es la espalda de tu hijo. Y estas pequeñas protuberancias del otro lado son los brazos y las piernas. Y esto de aquí es el culete.

–¡Qué grande! –exclamó la madre, contenta de notar a su hijo–. ¿Puedo tocarle la cabeza?

–No. La cabeza está ya encajada. ¿No la notas tratando de salir?

–Sí, claro que la noto.

Cuando hubo terminado de examinarla, Chris dijo:

–Voy a ir a hablar con el señor Tilling. Joy, si no te importa quedarte aquí...

–¿Crees que es aconsejable? –le preguntó ella, dudosa.

–No veo razón alguna para no hacerlo. Además, sé que el doctor Garner anda por aquí. Voy a ver si puedo pedirle que se pase por aquí para examinar también a June. No es que sea necesario, pero así nos quedamos todos más tranquilos.

–Lo que tú creas –comentó Joy, sorprendida.

Chris encontró al señor Tilling tomando un café y quejándose sobre este en voz alta.

–Entiendo su preocupación, señor Tilling –le dijo–, pero no hay necesidad alguna de ello. Sabemos que la señora Tilling es una mujer madura, pero le puedo asegurar que tengo mucha experiencia en partos, que estoy sobradamente preparado y que voy a hacer lo posible para que todo vaya como la seda. Por cierto, voy a llamar al médico para que vaya a examinar a su esposa. No hay necesidad alguna, pero así estamos todos más tranquilos, pero él también es un hombre.

–¡Se está burlando de mí!

–No, señor Tilling, solo estamos intentando hacer lo mejor para su esposa e hijo. Eso es lo único que quiere el hospital entero, pero si usted no está contento y la señora Tilling se da de alta voluntariamente, podemos hacer que una ambulancia la lleve a la clínica que ustedes prefieran, aunque no se lo recomiendo.

Chris se salió con la suya. El señor Tilling cedió y musitó:

–De acuerdo, puede seguir asistiendo a mi mujer.

–Me llamo Chris –dijo él, extendiéndole la mano–. Y tú eres Harold, ¿no?

–Sí –susurró el hombre, tragando saliva.

–Bueno, creo que es mejor que regresemos con June –comentó él. Entonces, los dos hombres volvieron a entrar en la sala de partos–. Harold y yo hemos hablado y ha accedido a que yo siga atendiendo a June.

Después de eso, todo fue bien. Entonces, fue a buscar al doctor Garner. David pasó por la sala y, tras examinar de nuevo a la mujer, confirmó que estaba perfectamente. Mientras lo hacía, Harold estuvo agarrando de la mano a su esposa.

Habían entrado ya en la etapa número tres. Las contracciones se producían cada tres minutos y el nacimiento era inminente.

–Disfrutas con esto, ¿verdad, Chris? – susurró June, entre jadeos.

–Bueno, no disfruto con que tengas dolor, pero mira –respondió él, tras examinarla de nuevo–, o mejor dicho, toca –añadió. Entonces, agarró la mano de June y la hizo tocarse el vientre–. Ese es tu hijo empujando. ¿No te parece algo mágico? Vas a ser madre muy pronto. Esto es algo que solo una mujer puede hacer y, sinceramente, te envidio. Solo sentirás malestar durante un poco más de tiempo y entonces tendrás a tu hijo. Harold se quedará asombrado con lo que verá. Entonces, estarás tan feliz... Y dormirás, pero será un sueño reparador. Cuando te despiertes, tu vida no volverá a ser la misma.

–Eres un hombre extraño – musitó June, a pesar del dolor–. Pareces saber más sobre lo que siento que las dos comadronas que me han atendido con anterioridad. Además, pareces preocuparte mucho por mí, aunque nos acabamos de conocer. ¿Cómo decidiste dedicarte a esto?

Chris decidió contarle la verdad, aunque solo en parte.

–En primer lugar, claro que me preocupo por ti. Poder ayudarte, que se me permita ser testigo del nacimiento de tu hijo, es un privilegio. Cuando me voy a mi casa, me siento muy realizado y no creo que haya muchos hombres que puedan decir eso sobre su trabajo.

–Eres un hombre encantador... ¡Ay!

–Ponte la mascarilla un poco más –le recomendó Joy.

Cuando llegó el momento, Chris sonrió.

–Ya veo la cabeza de tu hijo –le dijo a la madre–. Está saliendo. Ya no queda mucho y todo va perfectamente. Ahora, cuando yo te diga, empuja, pero solo cuando yo te lo diga. June, estupendo... ¡Lo estás haciendo muy bien!

Le dijo que empujara en la siguiente contracción. Lentamente, fue saliendo la cabeza. Chris comprobó que el cordón no estaba enredado en el cuello. A medida que fueron saliendo los hombros, la cabeza del pequeño empezó a girar.

–Todo va bien, June. Estás haciéndolo estupendamente. Ahora, no empujes hasta que yo te lo diga –le ordenó a la madre. Entonces, miró a Joy, que lo contemplaba con una expresión perpleja–. Me encanta cuando un niño se da la vuelta de este modo. Creo que la Madre Naturaleza ha hecho un trabajo excelente.

–Entiendo lo que quieres decir.

Entonces, June lanzó un fuerte grito de excitación y el niño nació.

–¡Es un niño!

Joy tomó al niño, lo envolvió en una toalla y lo colocó sobre el abdomen de su madre para que se estableciera entre ellos un vínculo lo más rápidamente posible.

Aunque para los padres todo aquello era una novedad, para Joy y Chris era parte de su rutina diaria. Muy pronto, terminó todo. June estaba encantada con su hijito y Harold parecía estar muy conmovido. Estrechó fervientemente la mano de Chris y se disculpó una y otra vez por su comportamiento anterior. Entonces, se trasladó a madre e hijo a una habitación.

–¿He aprobado? –preguntó Chris, con descaro, cuando se quedaron solos.

–Sabes muy bien que sí. Eres un profesional competente y capacitado. Sin embargo, hay un par de cosas de las que me gustaría hablar contigo. Ven a mi despacho y tomaremos un café mientras tanto.

–Déjame terminar primero con el papeleo y estaré enseguida contigo.

El café que había en el despacho de Joy era mucho mejor que el de la sala de comadronas. Ella lo sirvió como a él le gustaba, muy caliente, fuerte y sin leche ni azúcar. Incluso le ofreció una galleta de chocolate.

–Había algo que querías preguntarme... o decirme –le recordó él.

–Sí. Como te he dicho, eres un profesional muy preparado, pero, ¿cómo trataste el tema del marido? Pensé que íbamos a tener problemas con él.

Chris se encogió de hombros.

–Ya viste el hombre que era. Lo animé un poco, le expliqué las alternativas y cedió. Solo necesitaba relajarse un poco.

–Parecía estar mucho más nervioso de lo normal cuando llegamos, más de lo que yo hubiera pensado.

–Tal vez le molestó la actitud de una visita anterior.

–¿De qué visita estás hablando?

–Sé que Henry Trust estuvo antes en la sala.

–¡El doctor Trust es un médico muy competente! –exclamó ella, sonrojándose un poco.

–Estoy seguro de que su preparación académica es admirable. No estoy acusándolo, solo estoy comentándote un hecho.

Se dio cuenta de que Joy no quería hablar del asunto, pero él había hecho todo lo posible por hacerle notar un hecho. Si era una buena jefe de departamento, ella misma haría sus indagaciones.

–Te he dicho que eres un profesional competente y preparado –dijo ella, tras una incómoda pausa–. Pero eres mucho más que eso. Estabas... bastante conmovido por todo, ¿verdad?

–Supongo que las comadronas y parteros sienten lo mismo.

–Estoy segura de ello. A mí me pasa, y veo en ti parte de lo que yo siento durante un parto. Me... interesó.

–¿Vas a ir a esa barbacoa de Dennis Park? –preguntó Chris, para cambiar de tema–. Aparentemente, va a ir gran parte del personal.

–No creo. No me van mucho esas cosas. Y tú... ¿vas a ir?

–Me lo contó Tricia Patton. Me ofrecí a llevarla.

–Me alegra ver que el personal de mi departamento confraterniza –replicó ella, frunciendo el ceño–. Por supuesto, puedes ir con quién quieras, pero a mí me parece que Tricia es un poco joven para ti.

–Creo que es muy adecuado para los miembros de la directiva de una empresa que se los vea en las reuniones sociales que se organizan. Hace que las personas trabajen mejor.

–¡Espero que no me estés diciendo cómo debo dirigir mi departamento! Y yo dirijo una unidad de maternidad, no un pelotón de soldados.

–Ni se me ocurriría decirte cómo hacerlo, pero, debo admitir que el ejército no es tan diferente de un hospital. Por cierto, cuando me ofrecí a llevar a Tricia Patton dije que también llevaría a algunas de sus amigas. No le haría pensar en ningún modo que podría haber algo entre nosotros. Bueno, muchas gracias por el café. Ahora, es mejor que vuelva a mi puesto.

Era solo media mañana cuando él regresó a la sala

de comadronas. En cuando entró, Alice McKee se acercó a él.

–Chris, ¿puedes hacernos un favor muy grande? Si no quieres o tienes algo planeado, no dudes en decírnoslo. Lo digo en serio.

–¿Cuál es el problema, Alice?

–Tenemos dos comadronas que acaban de llamar para decir que están enfermas y les tocaba el turno de noche. No podemos conseguir a nadie más. ¿Te parecería bien irte a casa ahora, tratar de dormir un poco y venir esta noche? Puedes tomarte el día libre mañana y te pagaremos en consecuencia. Siento haber tenido que pedírtelo, pero ya sabes que nuestro personal está bajo mínimos.

–De acuerdo –dijo Chris–. Siempre estoy dispuesto a ayudar si puedo.

–Eres un cielo. Ahora vete a casa y trata de dormir un poco.

Chris se marchó a casa, pero, de camino, compró un libro sobre jardinería. Durante un rato, estuvo trabajando en el jardín y luego se acostó para tratar de dormir un poco. Aquello era parte de su trabajo.

Como siempre, llegó antes de que empezara el turno. Había un parto inminente y llegó a la sala justo a tiempo del alumbramiento. Todo fue sin problemas.

Después de que se trasladara a madre e hijo a una habitación, no hubo mucho que hacer. Había otra comadrona, Janet Fell, con la que Chris había trabajado antes. La misma Janet estaba embarazada e iba a dar a luz en su propia unidad.

–Cuando venga a dar a luz, te estaré vigilando para asegurarme de que lo haces todo bien –comentó Janet, en tono de broma.

–Claro. Bueno, ahora vete a descansar un poco. Yo me encargaré de todo aquí –respondió Chris.

–Ni hablar. Si no puedo hacer el trabajo, no vendré al hospital.

A Chris le gustaba aquella actitud, pero, en realidad, ya no había nada que hacer. Después de un rato, Janet dijo que sentía necesidad de estirar las piernas y que iba a ir a Urgencias para ver a una amiga que trabajaba allí. Se llevó su busca y dijo que, si se la necesitaba, podría volver en cinco minutos.

Chris se puso a leer unas revista y estaba pensando en echarse un sueñecito cuando entró una tercera matrona que acababa de asistir un parto. Como sabía que aquella mujer iba a dormir un rato, Chris decidió ir él también a tomar un poco de aire fresco y tal vez reunirse con Janet.

Salió al exterior y empezó a pasear por los jardines en dirección a Urgencias. Tenía que cruzar una parte de jardín que quedaba muy oscura de noche. Había unos árboles muy altos que impedían que llegaran las luces del aparcamiento del hospital.

De repente, cuando estaba en aquella zona más oscura, vio que, en un pequeño claro estaba Janet, contra un árbol. Un hombre la estaba sujetando y le había puesto la mano en la boca. En la otra tenía un cuchillo. Por suerte, no había oído que Chris estaba cerca.

–Dame el bolso. Si haces un solo ruido, te rajo.

Sin embargo, la valiente, pero inconsciente Janet se negaba a dárselo. Chris oyó cómo intentaba llamar la atención de alguien y decidió que, lo primero que había que hacer era apartar al hombre de su compañera. Por ello, abandonó su escondite y se dirigió con decisión hacia el delincuente.

–Y a mí, ¿también me vas a rajar? –le espetó al hombre.

Este se dio la vuelta y logró arrancar el bolso de la mano de Janet, que cayó al suelo.

–Podemos resolver esto sin necesidad alguna de violencia –añadió Chris.

Como respuesta, el hombre se abalanzó sobre él con el cuchillo dirigido hacia el pecho de Chris. Él se echó a un lado y oyó cómo se le rasgaba el uniforme y el dolor sordo que acompañaba a un corte. Como pudo, trató de pegarle un puñetazo al delincuente y, por suerte, logró golpearle fuertemente en la mandíbula. El hombre cayó al suelo, inconsciente.

Chris fue rápidamente a atender a Janet.

—¿Cómo estás? ¿Te ha hecho daño?

—Dame mi bolso. Yo me encuentro bien. No dejes que ese hombre se marche con mis cosas.

—No creo que vaya a marcharse a ninguna parte —replicó Chris—. Creo que lo he dejado inconsciente.

Rápidamente fue a recoger el bolso de Janet y colocó al hombre en la postura de recuperación. Su primera reacción fue llevar a su compañera a Urgencias, pero, entonces, lo pensó mejor. Por suerte, vio a una pareja que atravesaba en aquel momento el aparcamiento y les pidió que fueran a Urgencias y pidieran dos camillas y enfermeras.

—¿Es que ha habido algún accidente? —preguntó uno de ellos.

—Se podría decir eso —respondió Chris.

—Tenemos a un agente en el exterior —dijo la oficial de policía Ralston—, pero dudo que se le necesite. El médico dice que ese atracador no se va a mover durante un par de días. ¡Menudo puñetazo!

—Traté de hablar con él —contestó Chris—, pero Janet Fell está embarazada y sentí que...

—¡Hizo lo que debía! Ahora, no me gusta tener que preguntarle sobre esto, pero tenemos que estar seguros. No utilizó ningún arma, ¿verdad? ¿Ni un palo ni nada parecido?

—Nada. De hecho, se me han despellejado los nudillos.

–Bien. No habría estado mal, dado que usted también resultó herido, pero eso simplifica mucho las cosas. Hemos recuperado el cuchillo, estamos tomándole declaración a esa pobre comadrona y conocemos al chico en cuestión. Hemos conseguido arrestarle en un par de ocasiones, pero creemos que se ha logrado salir con la suya en muchas otras de las que ni siquiera tenemos noticias. Ha hecho un favor a las mujeres de esta ciudad. Usted es enfermero, ¿verdad?

–Soy partero.

–¿Partero? –repitió la policía, con una sonrisa en los labios–. Ya tengo un hijo y estamos pensando en tener otro. Si lo tenemos aquí, ¿nos atenderá usted? Me sentiría muy a gusto en sus manos.

–Me gustaría, pero eso no se puede asegurar.

–Bueno, vamos a necesitar más declaraciones y hacer más indagaciones. Al final, se llevará a los tribunales. Si ese tipo se declara culpable, no habrá necesidad de que comparezca nadie, pero si se declara inocente, ¿le importaría ir a declarar?

–No me hace mucha gracia, porque el hospital no quiere que se le haga publicidad, pero sé que ha de hacerse. Sí, me presentaré en los tribunales si es necesario.

–Ojalá hubiera más personas como usted –dijo la oficial de policía.

Afortunadamente, no hubo más partos aquella noche. A pesar de todas sus protestas, Jane hubo de quedarse ingresada aquella noche. Su marido había acudido a verla. A Chris le parecía que todo el hospital parecía haberse despertado. Todos querían hablar con él.

Finalmente, el médico de urgencias les dijo que eran las tres de la mañana e insistió en que Chris también fuera a descansar un poco.

–Este hombre ha recibido un corte muy desagradable y ha perdido sangre. Se lo he vendado, pero creo que no debería trabajar durante una semana, aunque él se niega a hacerlo. ¡Lo que sí digo es que ya no hay más preguntas!

–La policía sabe que me hirieron, pero agradecería mucho que no se le diera demasiada publicidad a ese hecho en el hospital. No quiero más comentarios.

–Lo que tú digas –respondió el médico.

Como Chris no quería causar más problemas, se puso un pijama del hospital, se tomó los dos analgésicos que le habían dado y se metió en la cama. Había aceptado una cama en una de las salas que estaban reservadas para los padres que necesitaban dormir cerca de sus hijos. El costado le dolía mucho, pero, de algún modo, consiguió dormir.

Por la mañana, cuando se despertó, todos le consideraban un héroe. Una enfermera le llevó el desayuno a la cama y le dijo que todo el mundo creía que era maravilloso. También le dijo que, unos seis meses antes, había habido un atraco similar, tal vez por el mismo hombre, y que una enfermera había recibido numerosos golpes en la cara.

Después, Chris se levantó y se vistió. Luego llamó a Urgencias para preguntar por Janet. Le dijeron que estaba bien y que se había marchado a su casa.

Cuando entró en la sala de las comadronas, se sintió muy avergonzado. Lo abrazaron, lo besaron y le dieron la enhorabuena. La coordinadora de turnos le dijo que se fuera a su casa, pero él se negó. Había dormido lo suficiente y quería trabajar. Entonces, oyó una dura voz.

–Ya trabajarás más tarde. Chris, ¿puedo hablar contigo en mi despacho?

Era Joy y, por la expresión que llevaba en el rostro, no estaba muy contenta.

–El hospital no necesita esta clase de publicidad o de

reputación –le dijo fríamente, cuando estuvieron senta-
dos en su despacho–. Queríamos una comadrona, no...
un pendenciero. Por supuesto, nos alegramos de que
pudieras ayudar a Janet, dado que podría haber sido
mucho peor, pero he hablado con el personal de Urgencias y me han dicho que, prácticamente, le rompiste la
mandíbula a ese hombre. ¿No podrías simplemente...
haberle quitado el cuchillo?

–Traté de hablar con él, pero no parecía estar de humor para hacerlo.

–¡Eso no es una broma, Chris!

Joy estaba furiosa, por supuesto. Aquello era algo
que, hasta el propio Chris podría entender, pero había
algo más. Tal vez hablar con él de aquel modo era la
única manera en la que ella podría enfrentarse a la
atracción instantánea que los dos habían sentido. De hecho, Chris seguía sintiéndola y le parecía que ella también. ¿La aceptaría alguna vez?

Durante unos momentos, Chris la miró. Entonces,
levantó la mano y se empezó a desabrochar el uniforme
nuevo que le habían dado aquella mañana.

–¿Qué estás haciendo? –le preguntó ella, escandali-
zada.

Chris no respondió. Se desabrochó la camisa y se la
quitó por la cabeza. Estaba desnudo hasta la cintura.
Entonces, levantó el brazo izquierdo y le mostró el vendaje que llevaba en el costado.

–Me temo que estaba mañana, mientras me duchaba,
me mojé la venda. Es solo un arañazo, pero...

–¡Estás herido! No lo sabía –musitó Joy, con voz
temblorosa.

–Ya te he dicho que traté de hablar con ese hombre,
pero él, a pesar de todo, trató de apuñalarme con un cuchillo de once centímetros. Me aparté, pero no lo suficiente. Dime lo que habría pasado si me hubiera pin-
chado unos cinco centímetros hacia la izquierda.

Muy pálida, Joy se levantó para examinarle el vendaje. Con mano temblorosa, midió la distancia que él le había dicho.

–Podría haber rebotado en una costilla, pero, lo más probable hubiera sido que... te hubiera atravesado el corazón –admitió ella, con un hilo de voz.

–Efectivamente. Por suerte, falló y estoy vivo. No tendrás que pedir otra comadrona todavía –bromeó Chris.

–¡Ya te he dicho antes que todo esto no tiene ninguna gracia!

–Lo siento. Algunas veces, el mejor modo de enfrentarse con el shock es reírse de ello.

–En mi unidad no. Ni yo tampoco. Podrías haber... –musitó Joy. Chris vio cómo trataba de controlar sus sentimientos mientras le tocaba el vendaje–. Tienes razón. Está mojado y hay que cambiarlo –añadió, tratando de parecer profesional. Supongo que estarás al día con la antitetánica y todo eso, ¿verdad?

–Claro, pero no hay necesidad de que tú te ocupes de esto. Puedo pasarme por Urgencias y...

–Antes de ser comadrona, trabajé como enfermera. Sé cómo hacerlo. Siéntate aquí mientras voy a buscar vendas y todo lo necesario.

Chris se quedó sentado en su despacho. A los pocos minutos, el teléfono que había sobre su escritorio empezó a sonar. Chris dudó durante un momento y, entonces, decidió contestar.

–Despacho de Joy Taylor. Me temo que ella no está aquí en estos momentos.

–Le habla el taller de Barry. ¿Puede darle un mensaje? Su coche está listo. Si quiere venir a recogerlo después de las seis, las llaves estarán en el patio delantero.

–Se lo diré.

Un rato después, Joy regresó. Chris le dio rápidamente el mensaje.

–Iré a recogerlo esta noche, pero no me marcho hasta las siete. Resulta tan inconveniente estar sin coche... Bueno, vamos a echarle un vistazo a esa herida.

Joy le quitó el vendaje e inspeccionó los puntos que le habían dado.

–¿Perdiste mucha sangre?

–No mucha en comparación con lo que podría haber pasado.

–Lo que podría haber pasado...

Era una buena enfermera, cuidadosa y eficiente. Lavó la herida y le aplicó antiséptico. Había una peculiar intimidad en tenerla tan cerca de su cuerpo, con el brazo rozándole el torso desnudo. Bajo los fuertes aromas de hospital que emanaba del antiséptico y del vendaje, se detectaba un ligero perfume, tal vez procedente de su cabello. Ella no miró a Chris ni una sola vez. Tenía su atención centrada en el vendaje.

–Bueno, creo que eso debería bastar por ahora. No creo que debieras levantar pesos. Pídele a otra comadrona que... –dijo, deteniéndose al ver que él estaba sonriendo–. ¿Por qué te estoy diciendo todo esto?

–He estado herido antes. Sé lo que hay que hacer para que no se suelten los puntos.

–Bien... Ahora puedes volver a ponerte la camisa.

–Estoy de acuerdo en el hecho de que lo último que necesita el hospital es publicidad, pero si se me pide, testificaré contra ese hombre. Uno nunca puede ceder ante las amenazas –añadió, con una expresión dura en el rostro.

–Estoy segura de que tienes razón –susurró ella, después de un profundo silencio–. Bueno, ahora puedes marcharte.

Chris volvió a la sala de las comadronas. Su turno ya se había terminado, pero estuvo un rato hablando con la coordinadora de turnos antes de marcharse. En el exterior, el día de lluvia contrastaba con las calurosas jornadas que acababan de disfrutar.

El resto del día fue tranquilo, ya que se limitó a recuperar el sueño perdido. Por la tarde, volvió al hospital y aparcó donde no se le podía ver. Sin embargo, él veía muy bien la entrada de Maternidad. Entonces, esperó.

A las siete y diez, vio que Joy salía, envuelta en un impermeable y con el cuello subido. Con la cabeza baja, empezó a andar por el aparcamiento. Chris esperó un momento y luego movió coche y lo paró delante de ella. A continuación, salió y abrió la puerta del copiloto.

—Te llevo —dijo.

—No hay necesidad —respondió Joy, tras mirarlo durante un instante—. Puedo ir en autobús.

—No hay ninguno que te lleve directamente al taller de Barry. Entra. Es ridículo ir andando con este tiempo. Yo te llevaré.

Joy siguió dudando.

—No tendrás miedo de mí, ¿verdad?

Aquellas palabras, pronunciadas a modo de desafío, surtieron el efecto deseado.

—¡Claro que no! —le espetó ella, antes de montarse rápidamente en el coche.

Capítulo 3

¿SABES dónde está el taller de Barry? –preguntó Joy, mientras Chris salía por las verjas del hospital y enfilaba en la dirección correcta con toda seguridad.

–Claro que lo sé. Lo he mirado en el callejero.

–Me alegro de que me lleves –admitió ella, mientras miraba distraídamente cómo la lluvia caía por el parabrisas–. Podría haber ido en un taxi, pero... –añadió. Entonces, se dio cuenta de lo que había dicho Chris–. ¿Que lo has buscado en el callejero? ¿Por qué? Eso significa que no fue una coincidencia que anduvieras por aquí, ¿verdad? Terminaste de trabajar hace mucho. Y me estabas esperando.

–No ha sido una coincidencia y sí, te estaba esperando. Quería hablar contigo, pero si te sientes amenazada, te puedo dejar tranquilamente en medio de este aguacero... Bueno, no tan tranquilamente. Te mojarías mucho. ¿Te sientes amenazada?

–Me siento mucho más que amenazada. Me siento manipulada. ¿Qué es eso de lo que tenemos que hablar tan urgentemente?

–Bueno – respondió él, con cierta cautela–, creo que se debe conocer a la gente con la que trabajas y para la que trabajas. Yo todavía no te conozco y tú no me conoces a mí. Lo único que ves en mí es a un soldado. No te gusta el ejército, ¿verdad?

–No solo el ejército. Tampoco me gustan la marina ni las fuerzas aéreas.

–¿Te importaría decirme por qué?

–No hay mucho que decir –respondió Joy, fríamente–. Es solo que he visto lo que las fuerzas armadas
pueden hacerle a una persona. Puede endurecerlos. Y
embrutecerlos.

–Efectivamente, pero no tiene por qué ocurrir así. El
ejército es bueno para el trabajo en equipo y sirve para
encontrar las cualidades que tiene un ser humando y sa-
cárselas. Sin embargo, yo siento que estás tratando de
excluirme del equipo. Tengo una buena relación con el
resto de las comadronas y con las pacientes, pero no me
pasa lo mismo contigo. ¿Por qué?

Chris medio esperaba que negara aquellas acusacio-
nes, pero Joy no lo hizo.

–Es que creo que... hay algo sobre ti que no sé. Una
vez, un político atacó a su líder en la Cámara de los Co-
munes y arruinó su carrera. Dijo que había algo «ocul-
to» en él. Bueno, pues eso es lo que me parece que tienes tú.

Chris se quedó en silencio. No había esperado aquello. Joy era mucho más astuta de lo que se había imaginado, o tal vez él era más transparente de lo que había
pensado.

–Tendré que pensarlo –replicó él–. En realidad, tienes algo de razón... Me pasé gran parte de mi vida trabajando por la noche.

–Se nota.

–¿Has pensado alguna vez que el trabajo que de-
sempeñas te convierte en la clase de persona que eres?
Una vez, yo tuve un amigo que trabajaba como enfermero en la unidad de psiquiatría y debía tratar con los
peores casos que uno quisiera conocer. Se le daba bien
e incluso le gustaba, pero después de seis años lo tras-
ladaron a una unidad de medicina general. Decía que
tratar con el lado malo de las personas estaba empezando a afectarle.

–Esa no es la clase de afirmación que se esperaría de un ex soldado.

–Estás siendo algo estrecha de miras. Piensa en lo que estoy diciendo. ¿Son diferentes las comadronas de las enfermeras de unidades geriátricas o de urgencias? Yo creo que sí. Y es su trabajo lo que les hace diferentes.

–Podrías tener algo de razón. Tendré que pensarlo.

Los dos permanecieron en silencio. A los pocos minutos, llegaron al taller.

–He estado pensando en lo que has dicho –dijo ella, sin intención de bajarse–. Sobre cómo lo que hacemos afecta al modo en que vivimos y en lo que creemos. Ahora sé por qué te hiciste partero. Querías cambiarte, ¿no es así?

–Tal vez tengas razón –admitió Chris de mala gana, maravillándose de nuevo de su astucia. Entonces, notó que Joy no mostraba intención alguna de salir del coche. Tal vez...

–Me ha gustado mucho hablar contigo –dijo él–. Me gustaría hacerlo durante más tiempo. ¿Me permitirás que te invite a cenar en un futuro no muy lejano?

–¿Invitarme a cenar? ¡Claro que no! No tenemos una amistad tan íntima, ni siquiera somos amigos. Yo...

–Creo que la pregunta es si disfrutarías cenando conmigo civilizadamente en un entorno agradable, en un lugar alejado del ambiente del hospital. Eso es todo lo que te pido. Una cena. Y conversación.

–Debo decir que la conversación contigo es... estimulante. Supongo que tu orgullo masculino no me permitiría pagar mi parte, ¿no?

–Claro que no, pero si es uno de tus principios, no tendría objeción alguna a que pagaras, digamos, una botella de vino dulce para los postres.

–Eres todo corazón, pero, ¿por qué quieres cenar

conmigo? ¿Acaso no hay montones de enfermeras a las que se lo podrías pedir?

—No me interesan las enfermeras. Me interesas tú —admitió Chris, mientras miraba por la ventana. Sabía que aquel era un riesgo importante—. Cuando te vi por primera vez, cuando entré en tu despacho para nuestra primera conversación, sentí algo que no había sentido antes. Supongo que era una especie de atracción instantánea. Hubo una chispa que prendió fuego entre nosotros. Yo la sentí... y sé que tú también.

—¿Cómo lo sabes? —le espetó Joy— ¿Cómo puedes saber lo que estoy pensando? Te estás imaginado algo entre nosotros.

—No, no es así. Sé lo que sentiste porque lo vi en tu rostro. Mira, estoy tratando desesperadamente de ser sincero contigo. Me estoy arriesgando de un modo en que nunca lo había hecho antes. ¿No puedes tú hacer lo mismo?

Se produjo un profundo silencio. Entonces, Joy respiró profundamente.

—Supongo que soy humana —murmuró—. Tengo sentimientos como cualquier otra persona, aunque trato de mantenerlos a distancia, sobre todo de mi trabajo. Sí, efectivamente, sentí algo por ti, pero fue puramente físico. Nada serio. Es como ver a alguien que te gusta en televisión.

—Bueno, ¿quieres salir a cenar conmigo?

—Estoy libre el viernes por la noche, pero no quiero que todo el hospital se entere de esto.

—Sé cómo ser discreto.

—De acuerdo, recógeme en mi casa, digamos a las ocho. Vivo en el número 28 de Rathbone Road. ¿Sabes dónde está?

—Lo encontraré —le aseguró Chris, antes de bajarse para abrirle la puerta—. Esperaré hasta que vea que sales en tu coche.

Joy salió del taller dos minutos más tarde y, tras despedirse de él con la mano, se marchó.

Chris todavía no conocía la zona muy bien, por lo que el día anterior a su cena con Joy preguntó casualmente cuál era el mejor restaurante de la pequeña ciudad. Todo el mundo le sugirió varios restaurantes, pero finalmente se decidió por Croston's, un gran hotel de Scarborough que solo estaba a unos quince kilómetros. Se decía que la comida era excelente. Chris hubiera preferido algo más pequeño e íntimo, pero pensó que tal vez aquello podría intimidar a Joy. En su descanso, llamó para hacer la reserva.

Desde el día en que la llevó al taller para recoger su coche, la había visto un par de veces. Se habían cruzado por los pasillos y habían intercambiado sonrisas. Aquel día, oyó que se había ido a una reunión de jefes de sección y, por casualidad, se la encontró cuando regresaba. Estaba vestida con un traje negro, muy formal y tenía un aspecto entre enojado y disgustado.

—Espero no ser yo la causa de tu enfado —dijo Chris, suavemente.

—Por una vez, no. He estado en una reunión convocada por el director del hospital y van a... Bueno, tienen que hacer lo que tienen que hacer.

—Podrías decirme de qué se trata. Sé guardar un secreto. Incluso hice un cursillo en el ejército sobre cómo guardar secretos.

—Entonces, comprenderás mejor aún que no te lo pueda contar.

—De acuerdo. Por cierto. He reservado una mesa en Croston's para mañana por la noche.

—¿En Croston's? Nunca he estado allí. Se supone que es muy bueno. ¿Es que quieres impresionarme?

–Me gustaría hacerlo, sí. Me gustaría mucho impresionarte.

Joy no encontró respuesta para aquello.

Chris fue a recogerla al día siguiente por la tarde en su todoterreno. Él llevaba un traje gris claro, con una camisa azul oscuro y una corbata lisa. Cuando era apropiado, le gustaba vestirse bien.

El número 28 de Rathbone Road era una casa muy agradable, aunque más grande de lo que había anticipado. Cuando llamó a la puerta, eran precisamente las ocho menos un minuto y ella abrió enseguida. Evidentemente, lo estaba esperando.

–Vamos –dijo–. No te voy a decir que pases. Si te presentara a mi madre, ella me acribillaría a preguntas.

–Me habría gustado mucho conocerla, pero tal vez en otra ocasión.

Joy iba vestida mucho menos formalmente de lo que lo había hecho en otras ocasiones, con un vestido blanco, con dibujos azules y plateados y con escote en pico, bastante bajo, que mostraba la parte superior de sus generosos pechos. Hasta aquel momento, Chris solo la había visto con uniforme o con trajes de chaqueta.

–Estás muy bien –comentó él, cortésmente, antes de acompañarla al coche y empezar el trayecto que los separaba de Scarborough.

–Ya veo que te manejas muy bien –comentó ella, al ver que tomaba la dirección adecuada sin dudar.

–Es bueno saber de antemano dónde se va y cómo llegar allí.

–¿Es ese un comentario sobre Scarborough o sobre la vida en general?

–Podría ser sobre ambos. ¿Sabes dónde vamos, Joy?

Si aquellas palabras querían desafiarla, Joy decidió evitarlo.

–Tú lo has dicho. A Croston's. Mira, allí está la entrada.

Entraron en el patio del hotel y le entregaron las llaves al portero para que aparcara el coche.

–A la vuelta podríamos volver en taxi –dijo él–. Así podremos tomarnos una copa.

–¿No irás a beber demasiado? –preguntó Joy, con voz aguda.

–No, nunca bebo demasiado. No me gusta perder el control.

Entraron en el vestíbulo del hotel y lo cruzaron hasta llegar al restaurante. El maître les dijo que su mesa estaría preparada enseguida y los acompañó al bar para que pudieran tomar una copa.

Joy dudó sobre la lista de bebidas, asombrada por la enorme selección.

–Es un lugar muy bonito –dijo él, admirando la decoración del lugar–. Bueno, ¿qué vas a tomar? Hay una buena selección de jereces, ¿quieres que te pida uno?

–Sí, por favor, si tú vas a tomar lo mismo. Nunca he estado aquí antes. Me gusta mucho.

El camarero les sirvió los dos vinos que habían pedido y colocó un platillo con frutos secos encima de la mesa. Los dos tomaron un sorbo y fueron a tomar un fruto seco al mismo tiempo. Sin querer, se rozaron las manos. Joy apartó la suya muy rápidamente.

–Sigo sin estar segura de lo que estoy haciendo aquí –dijo, con voz gélida.

–En ese caso, hablemos de nuestro trabajo. Toda nuestra unidad funciona muy bien y las comadronas me aceptan, pero tú no. Evitas que me integre en el equipo.

–Lo sé. No puedo evitarlo. Eres... diferente, pero estoy tratando de corregirlo. Es culpa mía ¿De verdad crees que somos un buen equipo?

–La mayoría de los miembros son buenos y uno o

dos son excelentes, pero en cualquier equipo siempre hay alguien que puede defraudar a los demás.

—Lo sé. Ojalá pudiera... Lo siento, no puedo hablar de otros miembros de la unidad contigo.

—Creo que no –replicó Chris, con una sonrisa.

Después de eso, la conversación fue más relajada. Evitaron temas peligrosos.

Muy pronto, los acompañaron a su mesa. Joy le dijo que no bebía mucho vino, pero que le gustaban los blancos suaves. Chris pidió una botella de Chablis, un vino que él conocía bien. Tras empezar con un plato de queso de cabra y ensalada, los dos tomaron pescado como plato principal.

—Me sorprende que hayas pedido pescado, como yo –comentó Joy–. Me había imaginado que te gustaba mucho la carne.

—Y así es, pero el pescado del mar del Norte es el mejor que he saboreado. Estoy disfrutando mucho con esta velada –afirmó, con una sonrisa–. Estamos cenando estupendamente, estoy en compañía de una atractiva e inteligente mujer y estoy deseando hablar contigo.

—Yo también estoy deseando hablar contigo. Podemos hacerlo mientras disfrutamos de nuestra comida. Así me podrás decir cuál es la verdadera razón de que te decidieras a dedicarte a esta profesión.

—Creí que ya lo había hecho –respondió Chris, algo sorprendido.

—Sí. Me has dado algunas razones y estoy segura de que todas son buenas, pero sé que hay mucho más de lo que me has dicho. ¿No es cierto?

—Eres muy intuitiva –dijo él, mirándola con una mezcla de aprensión y admiración.

—Cuéntamelo.

—Necesito conocerte mejor primero, pero creo que, con el tiempo, te lo contaré todo. Ahora, disfrutemos de nuestra comida.

Terminaron la cena con un delicioso helado y volvieron al bar para tomar café. Se sentaron el uno al lado del otro, en vez de frente a frente. Chris era muy consciente del contacto que se producía entre ambos, de la calidez que le irradiaba del muslo y del brazo. Olía su perfume, que era la más delicada de las esencias. Cuando le puso la mano encima de la de ella, un estremecimiento se apoderó de él. Se miraron y, al principio, guardaron silencio.

–Lo has sentido –dijo él.

–Sí –respondió Joy–, lo he sentido, pero voy a tener que luchar contra ese sentimiento –añadió. Lentamente, sacó la mano de debajo de la de él.

–¿Qué tienes en contra de los militares? –quiso saber Chris, después de un rato–. Conozco sus fortalezas y sus debilidades y me interesaría ver si estás de acuerdo conmigo.

–Mi padre estaba en la Marina. Era oficial de carrera –dijo ella, tras encogerse de hombros–. De niña, lo vi muy poco. Siempre estaba lejos. Creo que la Marina era su vida, cuando debería haberlo sido su familia.

–Suele ocurrir. Pero hay más, ¿no es así?

–¿Por qué te estoy contando todo esto? No suelo hablar de eso con la gente y, además, tú eres...

–Uno de tus subordinados –añadió él, interrumpiéndola. Chris notó que se sonrojaba y se echó a reír–. No te preocupes. Sabes muy bien que no voy a ir a chismorrear sobre ti por ahí.

–Sí, ya lo sé, pero no veo a nadie como mi subordinado. Yo...

En aquel momento, se oyó una fuerte risotada a sus espaldas. Chris se volvió a mirar y cuando se giró de nuevo hacia Joy, la expresión de su rostro se había endurecido.

–Lo siento. Ha sido una velada muy agradable hasta ahora, pero sospecho que se va a estropear, aunque podría equivocarme...

–¿Por qué...? ¿Qué...? –preguntó ella, perpleja.

–En ese grupo tan ruidoso que hay al otro lado, que sospecho se trata de unos visitadores médicos, se encuentra el doctor Trust. Acaba de vernos y no parece muy contento. Y se acerca hacia acá.

Joy giró la cabeza para mirar y, evidentemente, notó el modo tan agresivo en el que Henry Trust se dirigía hacia ellos.

–Dios mío. Espero que no vaya hacer ninguna escena. Tal vez hayas oído que Henry es el hombre con el que he estado... al que he estado viendo.

–Lo sé, Joy, pero no habrá ninguna escena.

A medida que Henry se fue acercando, los dos se dieron cuenta de que estaba bebido. No parecía poder caminar en linea recta y tenía los ojos vidriosos.

–¡Qué bonita vista! –exclamó Henry, al llegar a su mesa–. ¿Te estás divirtiendo con uno de tus subordinados, Joy?

–Sí, me estoy divirtiendo mucho. Gracias, Henry –replicó ella, con firmeza–. Chris me ha invitado a cenar y hemos comido maravillosamente.

–Qué agradable. Bueno, ¿te importa si mis amigos y yo nos reunimos con vosotros? Tal vez te pueda invitar a una copa, o mejor dicho, ellos os invitarán –añadió, antes de dejar su copa encima de la mesa y volverse de nuevo hacia su grupo.

–Me importa mucho que te unas a nosotros. Mucho –dijo Chris.

Henry se volvió y lo miró incrédulo.

–Recuerda quién eres –le espetó–. Además, no hablaba contigo.

Chris se puso de pie y se acercó un poco a Henry.

–Sé perfectamente quién soy –replicó él, con voz muy suave–. Y yo sí estoy hablando contigo. Vuelve con los borrachos de tus amigos o haré que te echen de aquí.

Los dos hombres se miraron muy fijamente. Finalmente, fue Henry quien desvió la mirada.

–No sé lo que crees que estás diciendo. Yo solo me acerqué a saludar a una compañera y...

–Ya la has saludado –le espetó Chris–. Ahora, a Joy a y a mí nos gustaría seguir con nuestra conversación.

–Joy –dijo, Henry, volviéndose hacia ella–, ¿vas a consentir que...?

–Creo que será mucho mejor que te vuelvas a reunir con tus amigos, Henry –le aseguró Joy.

Henry permaneció allí un momento más, mirándolos alternativamente. Entonces, se dio la vuelta y, en silencio, regresó con el grupo.

–Lo siento mucho –susurró Chris–. Espero que eso no haya estropeado mucho la velada.

–No ha sido culpa tuya. He salido con él en un par de ocasiones. Tal vez creyó... que tiene algún tipo de derecho sobre mí. Pero tú tampoco te portaste muy bien –añadió, enfadada–. No le diste oportunidad alguna de que pudiera hacer una retirada digna.

–No había motivo alguno para intentarlo –replicó Chris–. En el estado en que se encuentra, habría tomado cualquier intento por razonar como un signo de debilidad.

–Supongo que tienes razón –contestó ella, después de considerar aquellas palabras durante unos segundos–, pero, ¿no te has parado a pensar que, como médico, puede hacerte mucho daño profesionalmente?

–No creo. Yo trabajo en la sala de partos, en la que, técnicamente, estoy a cargo, no el médico. Si uno, especialmente uno como Henry, cree que puede tratar de atemorizarme, mi trabajo y el bienestar de mis pacientes sufrirán por ello.

–A veces me dejas perpleja. Evidentemente, has dicho muy en serio eso que acabas de decir. Cuando creo que solo eres un tipo muy duro, me sorprendes con algo tan sensible como eso. ¿Cómo puedes tener tantas facetas?

—Creo que si se va a producir un enfrentamiento, tienes que ser capaz de leer a la persona rápidamente, tanto si decides ofrecerle algo, tratar de razonar con ella o amenazarla. Y tienes que decidir. No puedes esperar que la situación se resuelva por sí misma.

—No estás simplemente tratando de impresionarme, ¿verdad? Ese es el modo en el que te comportas.

—Ese es el modo en el que trato de comportarme, pero, por supuesto, no siempre lo consigo. Ahora, cambiemos de tema. Me gustaría que me dijeras por qué pasaste de enfermera a comadrona.

—¿Por qué quieres cambiar de tema?

—En primer lugar, porque quiero pasar una velada tranquila y agradable y, en segundo lugar, porque me interesas mucho. ¿Te sirvo un poco más de café?

Después de aquello, la velada pareció tranquilizarse un poco. Joy le explicó cómo había sido crecer en Ransome, sobre sus estudios en Leeds y en Sheffield. Chris le habló también de sus estudios en Londres y sobre cómo había decidido dejar la ciudad. En aquel momento, Joy se dio cuenta de lo tarde que era.

—Es mejor que nos vayamos pronto —dijo—. Normalmente no salgo hasta tan tarde.

—Como tú quieras. Me he divertido mucho, Joy.

Como Chris casi no había tomado alcohol, decidió que no era problema alguno volver conduciendo a casa. Mientras salían de la ciudad, contemplaron en bullicio que había en todos los bares y discotecas.

—Viernes por la noche —suspiró Joy—. ¿Sabes que estuve trabajando en Urgencias? La noche del viernes y la del sábado era cuando más trabajo teníamos.

—Ya me lo imagino.

Ya en las afueras de la ciudad, vieron que un coche de policía estaba parado delante de un bar y que dos policías, un hombre y una mujer, estaban aparentemente discutiendo con un grupo pequeño de personas. Había un cuerpo tumbado en el suelo. Chris detuvo el vehículo enseguida.

–¿Qué haces? –le preguntó Joy–. Esto no es asunto nuestro.

–Esa mujer policía es la que se ocupó de mi caso. Me pareció una persona muy agradable y creo que, en estos instantes, le vendría bien un poco de ayuda.

–¿Vas a empezar a pelearte otra vez?

–Espero que no, pero, a menudo, tres personas es mejor que dos. Ese grupo de personas no parecen agresivas, pero el exceso de alcohol lo provoca.

–Como te he dicho antes, esto no es asunto nuestro.

–Lo es si alguien que yo conozco parece tener problemas. Uno no puede huir de los problemas, Joy. Si no, te persiguen siempre. Quédate aquí. Estarás a salvo.

–Si tú vas a salir de este coche, yo voy contigo. Y espero que no discutas conmigo.

Chris había estado antes en situaciones similares. Se dirigió con seguridad hasta el grupo de personas y se abrió paso a través de ellas.

–¡Perdonen! ¡Déjenme pasar! Esto es muy importante.

Probablemente, alguien se hubiera enfrentado a él, pero, al ver lo alto y fuerte que era y la anchura de sus hombros, decidieron guardar silencio.

Con la mujer policía, había un oficial mucho más joven, que, evidentemente, terminaba de acabar sus estudios. Chris se dio cuenta de que no estaba muy seguro de lo que hacer. Estaba discutiendo con un grupo de personas, lo que no era una buena idea si estaban borrachos.

–Atrás, atrás –gritó Chris, para abrirse paso–. Llega la ayuda médica –añadió, mientras se acercaba a un hombre muy alto, que era el que parecía estar causando más problemas. Entonces, se acercó peligrosamente a él–. ¡He dicho que atrás! Llega la ayuda médica.

Lo que hizo que el hombre se moviera fueron las palabras «ayuda médica». Cuando se agachó para atender al hombre que había en el suelo, vio que Joy se le había adelantado y que ya lo había colocado suavemente sobre el costado. Chris aprovechó para acercarse a su amiga la policía y a su compañero.

–Me alegro de volver a verla, oficial Ralston.

–¿Quiere dejar de trabajar como partero y dedicarse a la policía? Tiene aptitudes para ello.

–Pensé que era mejor pararme para ver si podía echar una mano.

–Me alegro de que lo haya hecho. Las cosas se estaban calentando un poco aquí –añadió la mujer, antes de dirigirse de nuevo al grupo de gente–. ¡Venga, márchense de aquí! ¡Se ha terminado el espectáculo! Ya oigo a la ambulancia así que dejen sitio, por favor.

Lentamente, la gente empezó a obedecer sus órdenes. En la distancia, efectivamente, se escuchaba el sonido de una sirena.

–Me alegro de que nos echara una mano –dijo el joven oficial–, pero nos las hubiéramos arreglado solos.

–Lo sé. Solo queríamos ver si se necesitaba ayuda médica. ¿Quiere examinar a ese hombre que hay en el suelo?

–He estado en un curso de primeros auxilios –replicó el joven policía–. Sé lo que hay que hacer.

–Estoy seguro de ello. Conozco el curso y es muy bueno, pero, si quieres, te ayudaré a repasar lo aprendido.

Le mostró al joven policía lo que Joy había realizado ya y cómo había comprobado que el hombre no se había tragado la lengua.

–Recuerda, hay que comprobar las vías respiratorias, la respiración y la circulación. Si las vías respiratorias están despejadas, si está respirando y si le late el corazón, hay muchas posibilidades de que no tengas que intervenir antes de que lleguen los expertos para ocuparse de él. ¡Ah! Y añade las hemorragias a esa lista.

–Ya lo sabía, pero le agradezco que me lo haya recordado –dijo el joven.

De repente, la escena se vio iluminada por las luces de la ambulancia y un coche de policía que llegaron prácticamente al mismo tiempo.

–Estos dos me han estado echando una mano –informó la mujer policía–. Son viejos amigos míos. Por cierto, todavía estoy pensando en tener ese segundo hijo –añadió, sonriendo a Chris.

–Se lo recomiendo –comentó él–. Bueno, manténgase en contacto.

Joy y él se despidieron de los policías y volvieron al coche.

–¿Va a ocurrir esto cada vez que salga contigo? –preguntó ella–. ¿Dos peleas en una noche? No creo que pueda soportarlo.

–Venga ya –respondió Chris–. Seguro que cuando trabajaste en Urgencias tuviste muchas noches peores que esta.

–Sí, bueno, pero verlo en la calle... Ha hecho que el corazón me latiera con más fuerza.

–Y yo que creía que era por mí... Estoy desilusionado.

–Así es la vida, Chris. Pude charlar un poco con tu amiga, la mujer policía. Me dijo que si hubiera sido un poco más joven, no hubiera tenido un niño ni hubiera estado felizmente casada, se habría sentido muy atraída por ti.

–Bueno, tómalo como una recomendación. La oficial Ralston es una mujer con muy buen gusto.

–También me preguntó si éramos novios. Le dije que no y me replicó que te agarrara bien mientras pudiera.

–¿Y tú que le contestaste?

–Que me lo pensaría. Lo que no le dije fue que realmente no me agradaba alguien que siempre se está metiendo en problemas.

–Eso es una injusticia, Joy.

Hacía tiempo que habían salido de Scarborough y la carretera circulaba al lado de la costa. De repente, Chris hizo que el coche girara y se metió por una estrecha carretera secundaria.

–¿Dónde vamos? –preguntó ella, con una mezcla de curiosidad y de miedo.

–Esto está cerca de donde yo vivo. Vengo mucho por aquí. Es el mejor camino para llegar a la costa y me encanta. ¿Conocías esta carretera?

–Claro que sí. He venido varias veces de picnic por aquí, pero nunca de noche.

–De noche es diferente. Ya lo verás.

Llegaron al final de la carretera, donde había el espacio suficiente para que aparcaran un par de coches en el arcén. Chris saltó del vehículo y fue rápidamente a ayudar a Joy a bajar. La noche era cálida, llena de los deliciosos aromas del mar y del heno bañado por el sol.

No iban vestidos para un paseo a medianoche, así que él la condujo a lo largo del sendero, como unos cincuenta metros, hasta que llegaron a un viejo banco de madera en lo alto del acantilado. Se sentaron juntos, sin decir nada, disfrutando simplemente con el sonido del mar y mirando hacia el horizonte. De vez en cuando, se veían las luces de los barcos que pasaban.

–Creo que me he divertido mucho esta noche –dijo Joy, después de un rato–, aunque no esperaba que fuera así. Salí para formarme una opinión sobre ti, saber lo que realmente pienso sobre ti y averiguar cómo eres, pero estoy menos segura de lo que sé que antes. Hay un lado tuyo, el que se enfrentó a Henry y el que ayudó a la policía, que no estoy segura de que me guste, aunque podría ser tu verdadera personalidad. Luego, está tu otro lado.

Chris la rodeó con sus brazos y la estrechó dulcemente entre ellos. Entonces, la besó.

–Eso sí me gusta –dijo ella–. Me gustas y a la vez no me gustas, pero no puedo mantenerme alejada de ti. ¿Qué vamos a hacer?

–Por una vez, te diré que esperemos a ver qué pasa. Yo tampoco sé lo que hacer.

–¿Quieres volver a besarme? Entonces, tal vez, es mejor que me lleves a mi casa.

Aquella noche, solo en su cama, Chris volvió a tener la pesadilla. Se despertó a las cuatro de la mañana y después de un rato, decidió que no quería esperar a ver qué era lo que ocurría entre Joy y él, pero, ¿qué otra cosa podía hacer?

Capítulo 4

CHRIS no fue a la barbacoa del hospital. Tricia Patton lo llamó para decirle que había conocido a un hombre que deseaba mucho ir con ella. Le dijo que esperaba que no le importara.

—No hay problema —le aseguró Chris—. Diviértete. Estoy segura de que será todo muy divertido. Yo creo que no iré.

—Podríamos habernos divertido mucho juntos —comentó Tricia, algo triste.

—Tú te divertirás de todas maneras. Y creo que ese hombre es un tipo muy afortunado. Hasta pronto, Tricia.

Aquel pequeño problema había terminado de solucionarse por sí mismo. Bien. Tenía otras cosas de las que preocuparse.

Tenía el sábado libre, así que cuando se levantó, estuvo haciendo el vago en su casa. Como aquello no le satisfacía, se cambió y fue a correr un poco por las colinas que tanto amaba. Mientras corría, pensaba.

Consideró llamar a Joy, pero entonces decidió que no lo haría. No estaba seguro de adónde se dirigía su relación, aunque sabía que el siguiente paso tenía que darlo ella. No le gustaba no poder hacer nada y tener que esperar a que otra persona tomara una decisión, pero así era la situación.

De una cosa sí estaba seguro. Se sentía más atraído por ella que nunca. El viernes por la noche había podido conocerla un poco mejor. Bajo ese exterior, en apariencia tan distante, había visto a una excitante y apasionada mujer.

El domingo fue a trabajar. Cuando se hizo cargo de su primera paciente, Ellie Sutton, la mujer estaba en la primera etapa del parto. Al principio, se sorprendió un poco al ver que su comadrona iba a ser un hombre, pero se acostumbró muy pronto y se llevaron estupendamente. El marido de Ellie era militar. Estaba en el extranjero y no podía estar presente en el parto. Cuando Chris le dijo que él también había sido militar, se llevaron incluso mejor.

Después de una hora, Chris se dio cuenta de que el monitor que tenía sobre el vientre para controlar al bebé mostraba que el corazón del niño empezaba a latir más lentamente. Estaba seguro de que aquello no significaba nada, pero el protocolo dictaba que llamara al médico de guardia y así lo hizo.

Cinco minutos más tarde, Henry Trust entró en la sala. Saludó fríamente a Chris y se acercó para leer las notas que este había tomado.

–¿Cuál es el problema? –le preguntó. Chris le explicó lo más tranquilamente que pudo lo que había ocurrido–. Ya veo.

Solo entonces, se acercó a la cama y saludó a la paciente. Después de examinarla, Henry decidió que todavía no había nada por lo que preocuparse, justo como Chris había anticipado. Creyó que Henry se marcharía enseguida, ya que nunca pasaba más tiempo de lo necesario en la sala de partos. Sin embargo, no lo hizo. En vez de eso, se sentó a un lado y se puso a leer un libro, acercándose de vez en cuando a Ellie para ver cómo iba a progresando. Chris realizó su trabajo como de costumbre.

Finalmente, el niño estaba a punto de nacer, por lo

que Chris le preguntó a Henry si quería actuar como ayudante.

–No –contestó Henry–. Llama a otra de las comadronas.

Chris así lo hizo y, poco después, Ellie daba a luz a un niño precioso. Henry permaneció todo el tiempo en la sala, aunque sin participar en los procedimientos. Reconoció al niño y luego asintió. Ni siquiera dio la enhorabuena a la madre.

Chris siguió con sus exámenes y, por fin, la otra comadrona se marchó. Cuando llegó el camillero para llevarse a madre e hijo a una habitación, los dos hombres se quedaron a solas en la sala de partos.

–¿Disfrutaste de tu cena el viernes por la noche? –le preguntó Henry.

–Mucho. Disfruté tanto de la cena como de la compañía. Espero que tú también te divirtieras.

Henry no dijo nada. Frunció el ceño y salió, dando un portazo. Chris se encogió de hombros.

Cuando llegó el descanso de media mañana del lunes, encontró una nota en su casillero.

Por favor, llámame cuando te convenga venir a verme. J. Taylor.

La encargada de repartir los turnos le dijo que aquel momento era el más apropiado dado que no tenía nada que hacer durante la próxima media hora. La voz de Joy sonó muy fría al otro lado de la línea telefónica.

–Creo que tenemos que hablar. ¿Puedes venir a verme ahora?

–Voy enseguida –respondió Chris, preguntándose por qué Joy sonaría tan lejana.

Cuando entró en su despacho, ella no le devolvió la sonrisa, sino que se limitó a indicarle una silla.

–Por favor, siéntate. Tenemos algo bastante complicado de lo que hablar –dijo. Chris se sentó, con el rostro impasible–. En primer lugar, Chris, quiero que sepas que lo pasé muy bien el viernes por la noche. Fue una velada muy agradable, pero no puede volver a repetirse. No es aconsejable. Siempre he estado en contra de... tener breves relaciones con gente del trabajo. Ese tipo de cosas pueden ocasionar problemas muy fácilmente.

–Especialmente cuando eres mi superior –señaló Chris–. Por cierto, ¿quién ha dicho nada de que vaya a ser breve? Creo que ya me conoces lo suficiente como para darte cuenta de que estoy muy interesado en ti. Quiero conocerte mejor y no estoy buscando simplemente una relación sexual. ¿Cuales son los problemas que se pueden ocasionar?

–Soy yo la que dice que la relación es a corto plazo. El problema es el doctor Trust. Vino a verme esta mañana y se disculpó por haberme molestado el viernes, pero se sorprendió mucho de que estuviera saliendo con otro hombre. Me dijo que le parecía que los dos habíamos llegado a un entendimiento y que, si yo iba a salir con otro, lo menos que podía hacer era habérselo comentado. Nuestra relación no fue tan especial, pero tal vez tuviera razón –añadió, tras apartar unos papeles que tenía encima de la mesa. Entonces, esperó que él contestara–. ¿Es que no tienes nada que decir?

–Tu relación con el doctor Trust no es asunto mío –contestó él, por fin–. Puedo darte mi opinión sobre él, si la deseas, pero lo que tú sientes es lo más importante.

–Tal vez. Bueno, el caso es que se disculpó por su comportamiento. Me dijo que se había dejado llevar por aquellos visitadores médicos...

–Menuda excusa. Un hombre debe ser capaz de decidir si quiere beber o no. Es únicamente decisión suya y es responsable de las consecuencias.

–Hay ciertas cosas sobre las que eres implacable, ¿verdad? –comentó Joy, con una sonrisa–. No sé si me gusta o me disgusta ese rasgo de carácter. En cualquier caso –añadió, más seria–, el doctor Trust y tú tuvisteis que trabajar juntos el domingo por la tarde. Tú estabas de guardia y él también.

–Sí. Quise consultarle sobre los latidos del corazón del bebé y lo llamé. Estuvo en la sala de partos durante unas dos horas.

–Efectivamente. El doctor Trust dice que estaba dispuesto a cooperar contigo, a pasar por alto lo que había ocurrido, pero que tú no le facilitaste el trabajo. Me dijo que resulta muy difícil comprobar esa clase de comportamiento, pero que no le gustó y que no ve razón alguna por la que deba soportarlo.

–Tal vez sea muy difícil probar lo que realmente ocurrió. ¿Has hablado con la paciente, Ellie Sutton?

–No. El doctor Trust me dijo específicamente que no quería que fuera interrogando a nadie. No ha sido una queja formal, pero quería que yo entendiera cómo se sentía. Me sugirió que debía hablar contigo, que es lo que estoy haciendo.

–Dado que no se me acusa de nada en particular, no puedo defenderme, por lo que ni siquiera lo intentaré. Ahora tú tienes que pensar sobre su comportamiento, que debes de haber observado desde hace semanas. Tal vez incluso tengas informes sobre él. Entonces, solo tienes que comparar eso con lo que sabes sobre mí y los informes sobre mi trabajo. Luego, decide quién te está diciendo la verdad.

–¡Te conozco! ¡Sé que puedes ser realmente duro!

–¿En la sala donde una mujer está dando a luz? Imposible, Joy. Ahora –concluyó, poniéndose de pie–, me voy a marchar para que puedas tomar una decisión. ¿Querrás comunicarme lo que has decidido? Recuerda que te prometí que, si no estabas satisfecha con mi trabajo después de seis meses, me marcharía.

–Chris, tienes que ofrecerme algo. Un comentario, una defensa. ¡Algo! ¡No puedes dejarme de este modo!

–Claro que puedo. De hecho, tengo que hacerlo. Es

la soledad del poder. El poder está en tus manos y eres tú la que tienes que tomar una decisión. Sé que harás un buen trabajo. Ahora, es mejor que vuelva al mío.

No tuvo noticias de Joy en toda la tarde. Siguió con su trabajo y lo disfrutó como de costumbre, pero mientras volvía a casa, se sintió completamente entristecido. Habría creído que ella volvería a llamarlo para hablar con él.

Después de una cena rápida, decidió marcharse a dar un paseo. Tomó su ruta favorita, por el pequeño sendero que discurría a lo largo de la costa. Pasó por delante del banco donde estuvo sentado con Joy aquella noche, pero decidió bajar hasta la playa para sentarse en las rocas.

Al principio, estuvo tirando piedras al agua, con lo que consiguió que el tumulto que ardía en su interior se calmara. ¿Qué iba a hacer con respecto a Joy? Pensó en las relaciones que había tenido en su vida. Todas habían sido muy agradables y habían estado bien durante un tiempo, aunque no le habían satisfecho. Creía firmemente que Joy podría darle mucho más, igual que él a ella.

A su espalda oyó los pasos de alguien que caminaba sobre las piedras. Al volverse, vio que era Joy. No se sorprendió al verla.

Iba vestida de un modo muy casual, con una camiseta blanca y unos vaqueros. Encima de la camiseta, llevaba una camisa más oscura. Chris se puso de pie. Los dos se miraron, sin sonreír ni sorprenderse.

—Esto no es una coincidencia, ¿verdad? —afirmó él.

—No. Fui a tu casa. El coche estaba allí, pero tú no. Recordé que dijiste que venías aquí a menudo, así que decidí venir hacia acá.

—¿Querías verme?

—No creo que querer sea la palabra adecuada. Tenía que verte es más acertado. No quería hablar contigo en el hospital. Necesitaba un lugar en el que pudiéramos estar solo nosotros, sin el trabajo de por medio.

–Sí. Te entiendo. ¿Por qué no te sientas? Aquí se está muy tranquilo. Podemos hablar cuando quieras.

Se sentó, muy cerca, pero sin tocarse. Escucharon el ruido de las olas al romper contra la playa. En la distancia, se oía un tractor que iba recogiendo heno.

–Supongo que no irás a desaparecer así de repente, ¿verdad? Mi vida era mucho más sencilla antes de que tú aparecieras.

–No, no voy a desaparecer, Joy, pero, aunque lo hiciera, no por eso desaparecerían tus problemas.

–Lo sé. Tú me has hecho pensar. Algunas veces hablas como un experto que huye de las cosas. ¿Estás seguro de que no estás huyendo de nada?

Había vuelto a ocurrir. Aquella mujer podía detectar cosas en él que nadie más había logrado descubrir. Además, supo por el gesto que se dibujó en su cara que había leído la incredulidad que seguramente se le había reflejado en el rostro.

–¿Estás seguro de que no quieres volver al ejército? –añadió, cuando vio que él no respondía.

–Estoy en la reserva, pero me licenciaron por invalidez. Tengo una pequeña cojera. Puedo realizar con facilidad la actividad que puede hacer un civil, pero el destacamento del ejército del que yo formaba parte necesita un buen estado físico.

–¿Cómo te lesionaste? No aparecía en tu solicitud.

–Ya te lo contaré algún día.

–¿Estás seguro de que no estás huyendo de algo?

–Posiblemente. Tal vez todo el mundo está huyendo de algo, pero no sé, o no estoy seguro, de qué estoy huyendo. ¿Por qué has venido a buscarme?

–He pensado en lo que me dijiste esta mañana –respondió ella–. Entonces, me pregunté cómo me sentiría si Henry hubiera acusado a una de las chicas de lo mismo. En aquel momento, decidí creerte a ti y no a Henry. Lo llamé y le dije que no volvería a salir más con él. Además, añadí que había investigado su queja y que, cualquier reclamación que quisiera presentar en el futuro debería hacerse por escrito, a través de canales oficiales y ser entregada primero a David Garner.

—Me apuesto algo a que eso no le gustó nada.

—No mucho. Trató de protestar, por supuesto. Me dijo que me habías hipnotizado, pero yo le repliqué que había ido a ver a la mujer que había tenido el niño, Ellie Sutton y que su versión de los hechos era bastante diferente de la que él me había dado. Trataré de asegurarme que no tienes que volver a trabajar con él en el futuro.

—No es necesario. No es que sea incompetente en su trabajo, sino solo que no tiene habilidad para tratar a la gente. Te prometo que no lo provocaré. Sabes que hablo en serio, ¿verdad?

—Sí. Es una de las cosas más extraordinarias de ti. Bueno, no creo que Henry te dé más problemas. Ahora está muy asustado.

Se produjo otro silencio. Entonces, Chris se acercó más a ella y le rodeó los hombros con el brazo. Al principio, Joy se tensó, pero entonces sintió que, poco a poco, se iba relajando hasta que le apoyó la cabeza sobre el hombro.

—No has venido aquí para hablar de Henry Trust, ¿verdad?

—No, quería hablar sobre nosotros. Quería estar segura.

Chris la besó dulcemente en la frente y sintió que ella se relajaba aún más. Sin embargo, de repente, ella se irguió y se apartó de él.

—Por favor, no me beses porque no podría parar y primero tengo que saber lo que quiero. Nunca he sentido por nadie lo que siento por ti. Cuando te conocí, sentí una extraña sensación en el estómago, como si fuera un anhelo increíble... Y sé que no soy solo yo.

—No. Yo siento lo mismo por ti.

–¡Pero es solo físico! ¡Es solo una atracción animal! ¡Tú no eres la clase de hombre que me gusta! Solo he salido con hombres muy tranquilos. En muchos aspectos, Henry me iba mejor que tú. Te enfrentas al mundo como si fueras un gigante. Si algo se interpone en tu camino, lo echas a un lado. ¡Así es el modo en que funcionan los militares y no me gusta!

–Soy lo que soy. ¿No me puedes tomar solo como un partero?

Joy no respondió. De repente, le rodeó por la cintura y descansó la cabeza sobre el pecho de Chris. Él la tomó entre sus brazos y le acarició suavemente el cabello, sintiendo cómo se le agitaba el pecho cada vez que sollozaba. No se le ocurría nada que decir.

–Lo siento –susurró ella, al cabo de unos minutos–. Tómalo como una debilidad femenina.

–Probablemente no sea muy buena idea volver a hablar del ejército, pero he visto a los soldados más rudos llorar como niños. Depende de las circunstancias de cada uno.

–¿Y tú? ¿Has llorado alguna vez desde que eras niño? Creo que no –respondió ella, misma al ver que no contestaba–. Y no me digas que eres débil, porque no me lo creo. Por cierto, ¿tienes un pañuelo para dejarme?

Chris se sacó el que llevaba en el bolsillo y se lo entregó. Joy se secó las lágrimas y se incorporó.

–Bueno, no he llegado a ninguna parte, pero me siento mucho mejor.

Él la miró y sonrió. Entonces, volvió a besarla, suavemente al principio, sujetándola como si fuera un pajarillo que pudiera escapar en cualquier momento. Una vez más, la tensión pareció marcharse de su cuerpo y los músculos se le relajaron. Joy se apoyó contra él y le metió la mano por debajo de la chaqueta. Después, tiró de la camisa para que se le abriera y pudiera deslizar los dedos sobre la calidez de su torso. Chris se tumbó, y la colocó a ella encima de él.

A su vez, Chris deslizó las manos por la espalda, por debajo de la camiseta y sintió la dureza del broche del sujetador. No le costó ningún trabajo soltarlo. Con ambas manos, experimentó la suavidad de su piel, la de sus hombros, la de sus costados. Entonces, dirigió las manos hasta la parte delantera y sintió entre ellas la firmeza de sus pechos. Sintió que suspiraba con un abandono y un placer que nunca había conocido. Bajo la insistente presión, sintió que los pezones se le endurecían, que su respiración se hacía más profunda, más lenta. La besó de nuevo, más apasionadamente y sintió que los labios de Joy se abrían bajo su pasión.

Durante más de diez minutos, estuvieron tumbados allí. Chris no sabía lo que podría ocurrir a continuación, lo que harían. Por el momento, estaba bien. Entonces, Joy suspiro y, tras apartarlo suavemente, se incorporó.

—Sea lo que sea lo que deseamos hacer, no voy a hacerlo a plena luz del día, en público y en una playa llena de piedras. Yo... nunca he estado con nadie y creo que es mejor detenernos antes de que hagamos algo de lo que podamos arrepentirnos.

—Creo que eres maravillosa, ¿lo sabes? Dudo que yo me arrepintiera de nada.

Joy se abrochó el sujetador.

—¿Me besarás una vez más y luego te quedarás aquí hasta que yo me meta en mi coche y me haya marchado? —le preguntó ella.

—Si eso es lo que quieres... Sin embargo, necesito saber si esto es un principio o un final.

Joy sacudió la cabeza, perpleja.

—Aún no lo sé.

Tres días después, Joy se estaba todavía preguntando lo que debería hacer. Entonces, ocurrió algo que la abrumó por completo y le hizo ver a Chris bajo un prisma completamente diferente.

Sabía que él estaba trabajando por la noche. No le tocaba, pero había accedido a hacerlo como un favor dado que seguían estando muy cortos de personal, entre vacaciones y bajas por enfermedad.

Joy no había vuelto a hablar con él desde que se vieron en la playa. Estaba intentando ordenar sus caóticos pensamientos. La atracción física que sentía por él era tan fuerte...

Aquella noche, después de dejarlo, se había ido a su casa y se había dado una ducha antes de meterse en la cama. Para frustración suya había notado que, mientras se enjabonaba, los pechos se le habían erguido, casi como si recordaran las caricias de las manos de Chris. ¿Cómo podría resistirse a un hombre que era capaz de hacerle aquello?

Veía sus buenas aptitudes. Parecía un hombre amable, generoso, considerado, pero, bajo la superficie, seguía existiendo aquella mentalidad marcial de derrotar a todo lo que se ponía en su camino. A un soldado se le preparaba para luchar.

Por supuesto, muchas de las cualidades que le convertían en un buen soldado eran las mismas que le convertían en un buen partero, como la habilidad para trabajar en equipo, para trabajar muchas horas, para realizar cualquier trabajo, por muy desagradable que fuera. Todas las coordinadoras de turnos querían que trabajara para ellas.

–¿Es su atractivo sexual? –había preguntado Joy, medio en broma.

–Eso era al principio –le había respondido Alice McKee–, pero es que da gusto trabajar con él.

Las otras dos coordinadoras habían estado completamente de acuerdo.

Joy no había tenido un buen día. Había tenido otra

reunión y se le había pedido que hiciera más recortes en su presupuesto, lo que era imposible. Estaba confiando demasiado en la buena voluntad de su personal. David Garner la había apoyado en la primera parte de la reunión, pero luego se había tenido que marchar por una emergencia.

En aquellos momentos, Joy estaba sentada en su despacho, mirando horarios, presupuestos... Era demasiado tarde y debería irse a casa, pero, ¿dónde iba a hacer recortes? Ella solo era una comadrona, no una experta en economía. No obstante, el curso que había hecho en Londres le había demostrado que las dos cosas tenían que ir juntas.

Decidió ir a dar un paseo para ver cómo estaba funcionando la unidad. Parte de su cerebro le decía que, en realidad, estaba esperando ver a Chris. Tal vez pudieran tomar un café juntos.

Sin embargo, en el momento en que Joy entró en la sala, supo que algo iba mal. Había algo en los rostros de las personas con las que se encontraba, en el modo en que caminaban. Entonces, vio a Chris. Iba hacia ella, con el uniforme completamente manchado de sangre.

–¿Qué pasa, Chris?

Él no se paró para hablar con ella, por lo que Joy tuvo que ir corriendo a su lado para escuchar su respuesta.

–Tenemos una emergencia. Es una mujer joven, embarazada de siete meses, que ha sido atropellada por un conductor ebrio. Estamos tratando de estabilizarla antes de que la lleven al quirófano para practicarle una cesárea. Yo voy a cambiarme.

Cuando llegaron a la sala, Joy se dio cuenta de que había un policía, tomando café. Automáticamente, miró a la tabla donde se reflejaba lo que todo el mundo estaba haciendo y se dio cuenta de que estaban al límite de su capacidad de trabajo.

–Voy a cambiarme para echaros una mano –dijo.

En cuanto se cambió, fue a decirle a la coordinadora de turnos que ella también estaba disponible y fue corriendo a la sala en la que estaban Chris y David. La sala parecía estar llena. Estaban los dos hombres, un anestesista, un pediatra y un camillero, todos rodeando la cama. Chris estaba controlando las constantes vitales del bebé, que seguía en el vientre de su madre.

–El corazón del niño se ha parado –lo oyó decir.

–Las constantes vitales de la madre se han detenido –añadió el anestesista.

A pesar de todo, nadie abandonó su puesto. No dejaban de mirar a la mujer, silenciosamente.

–Hemos hecho todo lo que hemos podido, pero no ha sido suficiente –dijo David, al fin–. Bueno, gracias a todos. Supongo que es mejor que yo vaya a ver a ese policía.

Joy vio que Chris tomaba la mano izquierda de la mujer y que se la colocaba encima. Le sorprendió la delicadeza de aquel gesto.

–No lleva anillo de boda –susurró–, así que, aparentemente, no está casada. Por supuesto, podría tener pareja.

–Será la policía la que tendrá que ocuparse de eso –contestó David.

Durante un momento, nadie habló. El único sonido era el que hacía Chris al desconectar las máquinas. Por supuesto, se producían algunas muertes en el hospital, incluso algunas veces en Maternidad, pero estas últimas eran muy escasas. La mayoría del trabajo que se debía desempeñar en su unidad era un trabajo alegre, en el que se traían niños al mundo, por eso la desolación que reinaba en la sala era comprensible. A pesar de todo, había cosas que hacer.

Alice McKee asomó la cabeza por la puerta y entonces entró. No tuvieron que decirle lo que había ocurrido.

–De acuerdo –dijo la mujer–. Yo me encargaré de ella a partir de ahora. Creo que a todos vosotros os vendría muy bien un descanso.

Poco a poco, todos empezaron a abandonar la sala. El trabajo del hospital debía seguir.

Joy salió con Chris. Parecía distante, como si ella no significara nada para él.

–Hicimos todo lo que pudimos –murmuró Joy–. Todo el mundo lo intentó, pero, en algunas ocasiones, de nada sirve. ¿Te encuentras bien?

–Bueno, esto no ha sido muy agradable para nadie –le espetó Chris, con un extraño tono en la voz.

–No la conocías, ¿verdad?

–No. Solo era otro cuerpo que se recoge de la calle, otro niño que no nace. Ya es solo una estadística. Lo siento, Joy, tengo cosas que hacer. Te veré más tarde.

Rápidamente, desapareció por el pasillo. Joy se quedó perpleja.

Miró en la sala de comadronas y vio que todo estaba mucho más tranquilo. Ya no se la necesitaba, por lo que fue a su despacho y se cambió. Sabía que se debía marchar a casa y dormir un poco. En vez de eso, se preparó un café y se sentó.

Necesitaba pensar en Chris. Que alguien muriera resultaba una experiencia muy desagradable, pero el personal médico estaba acostumbrado y debía aprender a no involucrarse sentimentalmente. Poco a poco se aprendía a superarlo y, a aquellas alturas de su carrera, hubiera creído que Chris ya estaba acostumbrado. De hecho, él, por su formación militar, debería estar más preparado que la mayoría. Sin embargo, nunca lo había visto con una expresión de agonía tan insoportable. ¿Por qué?

Joy se terminó el café y, tras recoger sus cosas, volvió a salir de su despacho. Un par de comadronas estaban sentadas tranquilamente en la sala. La muerte había ensombrecido el ambiente de la habitación.

–¿Estás bien, Joy? –le preguntó una de ellas. Sabían que Joy había estado en la sala cuando la mujer había fallecido.

–Uno se acostumbra –mintió–, aunque, a veces, resulta duro. ¿Ha visto alguien a Chris McAlpine?

–Salió hace un par de minutos. Dijo que le apetecía tomar un poco el aire. Podemos llamarlo por el busca si quieres.

–No es importante. Esperaré.

A pesar de todo, salió a buscarlo. Aquella noche había luna llena. A unos pocos metros delante de ella, vio una figura vestida de blanco que caminaba entre los árboles.

–Chris, soy yo, Joy. ¿Tienes un minuto?

–Por supuesto. ¿Se me necesita de nuevo en la unidad? –preguntó, con la voz tan calmada como siempre.

–No, no se te necesita. ¿Nos sentamos aquí fuera un momento? Me gustaría hablar contigo.

–Claro –respondió él, mientras tomaban asiento–. Tú dirás.

Joy respiró profundamente y le tomó la mano. Chris no reaccionó, pero tampoco se soltó.

–Una vez más, tú y yo nos estamos ocultando cosas. Necesitamos más sinceridad, ser más abiertos el uno con el otro. Ahora, dime por qué te afectó tanto que murieran esa mujer y su hijo. Sabemos que es algo que ocurre de vez en cuando. Debes de haber visto antes la muerte.

–Sí, por supuesto que he visto cómo moría la gente. Incluso he visto cómo morían amigos míos.

–Estoy hablando del hospital. Hacemos lo que podemos, pero algunas veces no es suficiente. Las madres y los niños pueden morir. ¿Me vas a decir por qué te disgustaste tanto?

–¿Por qué debería decírtelo? ¿Es que no son solo míos mis problemas?

–No. Deberías saber que tengo... cierto interés emocional en ti. A pesar de mí misma, quiero conocerte. Creo que tal vez incluso esté enamorada de ti, y eso es algo que jamás le he dicho a un hombre antes –susurró ella. Entonces, vio cómo Chris giraba la muñeca y consultaba la esfera luminosa de su reloj–. No tienes por qué volver a entrar enseguida. Dímelo. Chris, ¡tengo que saberlo!

–Una razón es que yo nunca conocí a mi madre. Murió en el parto. Me crió mi padre. Nunca volvió a casarse y fuimos muy felices juntos, pero a menudo pienso que ojalá tuviera una madre.

Joy pensó que aquellas palabras eran las más tristes que había escuchado nunca en labios de Chris. Sintió un profundo amor y compasión por él al darse cuenta de que, a pesar de su apariencia dura, sufría como todo el mundo. La relación de Joy con su padre no había sido ideal, pero al menos había tenido madre. Sin embargo, aquella explicación no la convenció del todo.

–Hay más, ¿verdad? ¿Es que no me lo vas a contar todo?

–Lo haré un día, muy pronto –susurró él–, pero ahora no puedo. Está muy reciente. Estaba ayudando a una mujer a tener a su hijo. En el campo. Madre e hijo murieron por un error de cálculo que yo tuve.

–¿Eras ya partero? ¿Por qué crees que...?

En aquel momento, el busca de Chris empezó a sonar.

–El trabajo me llama. Se me necesita en la unidad.

–¡Todavía tenemos que hablar de muchas cosas!

–Sabes muy bien que el trabajo es lo primero –replicó él, mientras se ponía de pie–. Vamos, volvamos juntos.

–¿Cómo te has sentido al contarme esa pequeña parte de tu pasado? –le preguntó ella, mientras entraban por la puerta.

–Mucho mejor.

–Me alegro de que me lo hayas dicho, me alegro de que hayas sentido que podías hacerlo. Chris, ¿oíste lo que te dije antes? Te dije que creía que... que pensaba que...

–Dijiste que creías que me amabas. Yo no creo estar enamorado de ti, Joy. De hecho, estoy seguro de ello. Me acabo de dar cuenta y ha sido un shock para mí. Me está costando mucho asimilarlo.

–A mí también –musitó ella, con voz temblorosa.

Después de eso, se separaron inmediatamente. Joy se marchó a su casa y Chris pudo sumergirse en su trabajo. La tristeza de las horas anteriores pasó rápidamente. Se ocupó del nacimiento de dos niños más y contempló los rostros radiantes de sus madres. Por suerte, aquel trabajo seguía tenido grandes recompensas.

Capítulo 5

CHRIS se marchó a su casa cuando empezaba a amanecer. Iba a tener el resto del día libre y volvería a empezar en el turno de mañana dos días después. Una vez más, la coordinadora de turnos se había disculpado con él por cambiarle el horario tan constantemente, pero estaban tan faltos de personal...

Cuando llegó, se preparó un desayuno ligero y se sentó en el jardín para tomar el sol. Entonces, estuvo trabajando con sus plantas un par de horas y luego se duchó y se metió en la cama. Estaba agotado.

A las cinco de la tarde, se levantó, se preparó algo de beber y se sentó de nuevo en el jardín. Durante diez minutos, estuvo mirando el mar. Entonces, tomó el teléfono y llamó a Joy.

—Estaba pensando que nunca has estado en mi casa —le dijo—. Estoy aquí sentado, tomando el sol y mirando el mar. Me gustaría que tú estuvieras conmigo. ¿Te gustaría venir a cenar?

—¿A cenar? ¿Cómo estás? ¿No estás todavía en la cama?

—Estoy bien. He dormido un poco y me acabo de levantar. Me encantaría verte.

—Podría ir... Sí, Chris, me encantaría ir a cenar contigo, pero creo que estoy un poco asustada.

—¿De mí?

—No, de mí misma. Sé que ya he decidido lo que siento por ti, pero...

—Joy, mi jardín está lleno de sol. Hace una tarde preciosa y voy a sentarme a cenar aquí fuera. Prepararé una ensalada, tengo pan fresco y tres quesos diferentes. ¿Por qué no vienes a compartir esta cena conmigo? Podríamos abrir una botella de vino, tomarnos las cosas con calma y charlar como viejos amigos...

—Hace muy poco que nos conocemos. En realidad, más que amigos casi somos amantes.

—Casi. Joy, crees que esto es algo nuevo para ti, pero también lo es para mí. Tú no eres la única que está nerviosa.

—¡Vaya! —exclamó ella, echándose a reír—. ¿El fuerte Chris McAlpine nervioso? No me lo creo. En ese caso, estaré allí dentro de media hora.

—Ven pronto...

Siempre tenía su casa bastante ordenada y limpia, pero, a pesar de todo, salió al jardín y cortó unas flores frescas. Puso unas cuantas en la mesa del jardín y las otras en su dormitorio. A continuación, fue a la cocina para preparar la cena.

Estuvo esperando a Joy en la ventana. Por eso, cuando vio que se acercaba su coche, salió corriendo a recibirla. De nuevo, iba muy informalmente vestida, con una camisa larga y unos vaqueros, casi como él. Sin embargo, tenía en el rostro una expresión cautelosa y no se bajó del coche.

—No quiero aparcar delante de tu casa —le dijo—. Alguien del hospital podría ver mi coche y empezar con los rumores. No quiero que eso ocurra. Bueno, al menos todavía no.

—Te comprendo. Si vas por el lateral de la casa, verás que hay sitio al lado del mío para otro coche.

Tras aparcar donde él le había sugerido, Joy se bajó del coche. Llevaba una pequeña bolsa en la mano. Chris no dijo nada, sino que se limitó a llevarla al jardín, donde la comida ya estaba preparada. Joy lo miró.

—¿Es tuya esta casa? ¿Vives aquí solo?

–La tengo alquilada durante un año. Al final de ese periodo, tengo opción a comprarla si quiero. En estos momentos, me gustaría mucho hacerlo. Esta es la primera casa propia que he tenido nunca.

–¿Te ocupas tú del jardín?

–Bueno, ya estaba todo plantado cuando yo llegué, pero me está empezando a gustar mucho la jardinería. Lo estoy aprendiendo con un libro que compré. Lo encuentro muy relajante. Bueno, ¿quieres sentarte o quieres que te enseñe la casa?

–Tal vez más tarde. Este jardín es tan hermoso, tan tranquilo... Te envidio.

–Soy muy feliz aquí –dijo él, tirando del mantel que cubría la cena–. Bueno, la comida está servida. He puesto a refrescar una botella de vino blanco para ti. Yo voy a tomar tinto –añadió, antes de entrar en la casa para sacar el vino del frigorífico.

–No estarás tratando de emborracharme, ¿verdad?

–Claro que no. Espero que te relajes, eso es todo. Solo quiero que nos sentemos, que comamos, que charlemos y que sepas que, cuando te sientas incómoda, puedes marcharte.

–¡No quiero marcharme! ¡No he venido aquí para volver a marcharme otra vez!

Se produjo un incómodo silencio y entonces, Joy se sentó en la silla que él le ofreció y suspiró. Aceptó una copa de vino y le dio un sorbo.

–No hago nada más que hablar. Sé que parezco nerviosa, y no es así como quiero que me veas, pero es que lo estoy.

–Yo también estoy nervioso –confesó Chris, mientras se servía su copa de vino–, pero nos tomaremos las cosas con calma y veremos cómo progresa todo. Sírvete un poco de ensalada. He preparado yo mismo el aliño.

Mientras comían, los dos fueron relajándose poco a poco. A Joy le encantó la sencilla comida que él había preparado. Encontraron temas de los que hablar. Chris le habló de su padre, James, un ingeniero de minas, que estaba pensando en retirarse. Joy le habló de su madre, Anna, una maestra de escuela infantil, que parecía tener más intereses a su edad que cuando había sido joven.

—Espero ser como ella cuando tenga sus años –dijo Joy.

—Yo espero lo mismo con mi padre.

Entonces, se pusieron a hablar del hospital, de la Seguridad Social, de sus estudios. Joy comentó que estaba estudiando Administración a tiempo parcial y Chris le confesó que estaba pensando hacer un máster de administración de empresas, pero que estaba esperando a establecerse en su trabajo.

—Después de todo, te prometí que me marcharía a los seis meses si creías que no valía para el trabajo.

—No podría desprenderme de ti. El resto de las comadronas nunca me lo perdonarían. Eres su líder.

—Son unas buenas compañeras. Me han hecho sentirme muy buen recibido y ya me siento uno más. En Londres, la gente iba y venía, trabajabas con ellos durante un tiempo y luego se marchaban. Aquí, es más familiar y eso me gusta.

—Me alegro... Chris, sabes que cuando empezaste te dije algunas cosas algo desagradables sobre el hecho de que hubieras estado en el ejército. Siento haberlo hecho. Para empezar, me has hecho comprender que hay también muchas cosas buenas en un militar, aunque, para mí, tú ya no lo eres. Eres una comadrona más y una persona en la que realmente puedo confiar.

—Me alegro de que pienses eso.

Poco después, empezó a refrescar. Joy insistió en llevar los platos a la cocina y en ayudarlo a fregarlos. Le encantó lo ordenada que estaba la pequeña cocina. Mientras se preparaba el café, Chris le mostró el resto de la casa.

Era una casita muy pequeña. Las dos habitaciones que había en la planta baja se habían convertido en una sola. Chris había comprado una mínima cantidad de muebles, pero aquello hacía que la casa resultara más acogedora.

—Si al final compro esta casa, haré que me cierren una parte del patio para poder sentarme en el jardín incluso en el invierno.

Arriba, Joy vio la habitación de invitados, que estaba completamente equipada, y el moderno cuarto de baño. En el dormitorio de Chris, vio una enorme cama y se echó a temblar. Él lo notó y la volvió a llevar a la cocina diciéndole que el café ya estaría preparado.

Solo había dos butacas en el salón. Joy se sentó en una de ellas mientras se tomaba su café.

—La casa está muy ordenada, aunque no tienes muchas cosas. No estoy segura de lo que me dice sobre ti.

—Voy comprando las cosas poco a poco, cuando siento que realmente las necesito. Esta es la primera casa que he tenido y quiero hacerlo bien.

—Creo que es preciosa, pero este salón es muy masculino. No hay adornos ni cosas innecesarias. A pesar de todo, me siento muy a gusto en él —comentó ella, muy relajada—. Chris —añadió, mirándolo fijamente—, he traído las cosas que necesitaría para pasar la noche aquí. Si quieres... puedo quedarme.

—Claro que quiero que te quedes. No te puedes imaginar cuánto...

—Creo que lo sé. Me ha hecho falta mucho valor para poder decir eso. Todavía soy... bueno, nunca he... este es un gran paso para mí. Debería estar nerviosa, aterrorizada y, sin embargo, me parece que eres tú el que no está seguro —susurró ella. En aquel momento, se puso de pie y se acercó para besarlo—. Vamos a la cama ahora mismo, Chris... Por cierto, te puedo asegurar que eso es lo más osado que he hecho nunca.

Al mirarla, Chris comprendió por la rigidez que presentaba en su cuerpo que lo decía en serio. Se puso de pie y la tomó entre sus brazos.

–Todo va a salir bien. No te preocupes, todo va a salir bien –susurró.

Entonces, cuando los dos supieron que había llegado el momento adecuado, Chris la besó. Lentamente, la pasión fue aumentando.

–No sé lo que hay entre nosotros –murmuró él–, pero sé que es algo bueno.

Subieron al dormitorio, abrazados el uno al otro. Chris sintió la rigidez del cuerpo de ella al entrar en la habitación, por lo que la llevó hasta la ventana y dejó que contemplara los campos y el mar. Aquello la tranquilizó un poco. Entonces, una vez más, cuando notó que había llegado el momento adecuado, echó las cortinas y encendió la luz.

Joy se sentó al borde de la cama y le sonrió.

–¿Te acuerdas cuando te dije que Henry se había quejado sobre ti? Dije que no aprobaba las relaciones a corto plazo y tú me preguntaste quién había dicho que la nuestra iba a ser así. Me parecieron unas palabras muy hermosas. He salido con algunos chicos, por supuesto, pero tú eres el único por el que he sentido que podría... bueno, pasar el resto de mi vida.

Joy notó que Chris se ponía muy tenso.

–Eres comadrona –dijo, suavemente–. Te gustan los niños y, por supuesto, querrás tener hijos propios.

–Con el tiempo, sí, me gustaría tener hijos, con el hombre adecuado, por supuesto...

–Con el hombre adecuado –repitió él, con una gran dureza en la voz.

–Chris, ¿qué es lo que te pasa?

–Joy, tengo algo más que decirte. Acuérdate que te he dicho que te puedes marchar en cualquier momento.

–Ya te he dicho que no he venido aquí para marcharme.

–No sabes lo que te voy a decir. Joy, yo no puedo casarme contigo.

–¡Yo no te lo he pedido! –exclamó ella, indignada–. Chris, no te estaba pidiendo nada, solo que... me preguntaba... ¡Estás casado! ¡Eso es, estás casado! –añadió, creyendo comprender–. Bueno, en ese caso, sí que debo marcharme.

Rápidamente, se levantó de la cama, pero Chris la agarró del brazo y la volvió a sentar.

–No, no es nada de eso. No lo estoy, ni lo he estado nunca. No me espera ninguna mujer en ninguna parte. Es algo muy diferente.

Aquello era muy difícil para él. Nunca había sentido la necesidad de darle explicaciones a una mujer. Sus anteriores relaciones nunca habían sido tan intensas.

Chris empezó a desabrocharse la camisa y, cuando hubo terminado, la tiró a un lado. Entonces, se quitó los vaqueros y se bajó la cinturilla de los calzoncillos.

–Joy, tú eres enfermera. Sé que trabajaste durante un tiempo en Urgencias. Mira las cicatrices que tengo aquí.

Joy observó el fuerte abdomen. Con un dedo, fue dibujando las cicatrices. Era evidente que había habido una operación, que debió de ser de gran envergadura.

–Debió de ser una herida terrible. ¿Qué te ocurrió?

–Una granada de mortero. Hubo mucha metralla... trozos de metal ardiendo que me iban rasgando por todas partes –susurró Chris, sentándose a su lado en la cama–. Yo siempre quise tener hijos. Creo que la finalidad del matrimonio es tenerlos y esperaba que algún día... Entonces, me hirieron y... las cosas cambiaron. No soy impotente. Puedo disfrutar del sexo y dar placer, o al menos eso espero, pero uno de esos trozos de metal me cortó de tal modo que, por decirlo de un modo sencillo, me realizó una vasectomía. Me dijeron que las posibilidades que tengo de tener hijos son prácticamente nulas.

—No puedes tener hijos —susurró ella, tomándolo entre sus brazos—... es terrible. Y yo que había creído que eras un insensible.

—Y lo soy. A veces lo soy.

—Ahora creo que deberías terminar de desnudarte y luego desnudarme a mí —murmuró Joy, antes de darle un beso—. Quiero amarte, Chris. Tú eres el único hombre que he conocido en el que creo que podría confiar completamente. Nos podemos preocupar por los niños, por nuestro futuro, por lo que va a ocurrirnos, pero, en estos momentos, somos solo tú y yo...

Joy tenía razón. Chris decidió olvidarse del problema que acababa de confesar y vivir aquel momento. Fuera cual fuera su futuro, por lo menos tenían el presente.

Chris apagó la luz del techo y encendió la de la mesilla de noche. Ella seguía sentada en la cama, a su lado. Entonces, él empezó a besarla suavemente al principio. No había necesidad de apresurar las cosas. Le besó el rostro y notó que seguía nerviosa, pero poco a poco, oyó que la respiración se le iba haciendo más profunda y sintió que se relajaba. Los besos se fueron haciendo más lánguidos.

Suavemente, le acarició los senos a través de la tela de la camisa. Entonces, con una mano, fue desabrochándosela y se la bajó poco a poco. Llevaba un bonito sujetador de encaje blanco. Con un ágil movimiento, se lo desabrochó y la tumbó en la cama para besarle suavemente los hombros y el profundo valle que había entre sus pechos. Joy gimió de placer cuando se los besó y torturó con la lengua los rosados picos que coronaban cada uno de ellos.

Era tan hermosa... Se tumbó sobre ella, cubriéndole el cuerpo con el suyo para poder sentir la increíble suavidad de su piel. Ella suspiró suavemente y lo abrazó, estrechándolo aún más contra sí.

Durante unos instantes, se refugiaron en el cuerpo del otro, pero entonces, Joy sintió que Chris empezaba a desabrocharle los pantalones vaqueros y que deslizaba la mano por debajo de la cinturilla de sus braguitas.

–Estando tumbados, resulta imposible –musitó ella–. Déjame que me ponga de pie un instante.

Los dos se levantaron y probaron de pie. Era diferente. Los senos de Joy acariciaban suavemente el tórax de Chris. Entonces, para su sorpresa y delirio, Joy tomó la iniciativa. Se soltó de él durante un momento y se bajó los pantalones y las braguitas con un rápido movimiento. A continuación, hizo lo mismo con los calzoncillos de él. En un segundo, los dos quedaron desnudos, frente a frente.

La erección de Chris era ya evidente. Al sentirla contra su cuerpo, se excitó más de lo que había estado nunca. Cuando creyó que había llegado el momento adecuado, retiró el edredón con una mano y la tumbó sobre la cama. La necesidad que sentía de Joy era irresistible.

–Joy, Joy... –susurró, mientras se tumbaba encima de ella.

Sin mediar palabra, Joy hizo que se hundiera en ella. Tenía los ojos cerrados y una dulce sonrisa en el rostro. Chris vio que hacía un gesto de dolor durante un momento y que luego se relajaba.

–Me da tanto placer –murmuró ella–. Ahí es donde debes estar...

Juntos empezaron a moverse, con un ritmo que los dos podían sentir y al que los dos podían responder. Sabían que podían esperar un poco más. Cuando alcanzaron la cima de la pasión, los dos gritaron de placer. Entonces, se tumbaron de costado, saciados, plenos...

–Al principio, tenía un poco de miedo –susurró ella–, pero ha sido perfecto. Eres feliz, ¿verdad?

–Nunca he sido más feliz en toda mi vida.

Entonces, durmieron, abrazados el uno al otro.

Chris supo que algo había ido mal, pero que pronto pasaría. Estaba jadeando, aterrorizado... Tenía que comprender algo. ¿Qué era? Si lo supiera... si por lo menos lo supiera...

–¡Chris! ¡Chris! ¡Ya está!

Desde algún lugar, oyó una voz que trataba de tranquilizarlo.

–¡Chris! Ya está. Ya se ha terminado. Trata de despertarte... Todo va bien...

De repente, él abrió los ojos. Durante un momento, lo único que pudo hacer fue quedarse allí tumbado, con el cuerpo cubierto de sudor y la respiración acelerada. Entonces, vio la ventana enfrente de la cama, con las cortinas que él había elegido y la suave luz del amanecer filtrándose a través de la tela. Estaba en su dormitorio.

Al mirar a su lado, vio a Joy, mirándolo muy preocupada. Estaba sentada en la cama, sujetándolo como si hubiera tratado de despertarlo.

–Chris, ¿qué te ha pasado? ¿Qué ha sido? He visto a otras personas que tenían pesadillas, pero nunca nada como esa.

–Lo siento –dijo él, incorporándose en la cama–. De verdad. Ya no me ocurre muy a menudo. Los médicos dicen que se me pasará con el tiempo. Solo la tengo una vez al mes o algo así. No quería asustarte, Joy.

–Pues lo has hecho. ¡Pero si estás completamente empapado de sudor! Voy por una toalla. Te sentirás mejor cuando te haya refrescado un poco la piel.

–Siento haberte despertado. Además, ya no creo

que pueda volverme a dormir. Normalmente, tardo un rato.

—Bueno, de todos modos ya ha amanecido. Voy a traerte algo de beber. ¿Qué te apetece?

—Un poco de leche fría del frigorífico. Puedes ponerte mi bata.

Joy se envolvió con la enorme prenda. Cuando ella se hubo marchado, Chris fue al cuarto de baño y se lavó. Inmediatamente, se sintió mejor, pero, ¿qué le iba a decir a Joy? Seguramente se había asustado mucho. A veces, él mismo se asustaba.

Cuando regresó al dormitorio, ella ya había abierto las cortinas y la ventana. El fresco aire de la mañana y la vista de los campos le alegró un poco. Joy estaba tumbada de nuevo en la cama, cubierta por el edredón, con un interrogante dibujado en el rostro.

Chris se metió en la cama a su lado y aceptó el vaso de leche que ella le dio.

—Tómatelo. Me has asustado mucho. Me alegro de ver que el Chris que conozco haya regresado.

—Lo siento. De verdad.

—Veo que ahora ya estás más tranquilo. ¿Quieres hablar sobre ello? Si no quieres, no importa. Llamabas a alguien, a una mujer. Matilda. Parecía que ella era muy importante para ti.

—Lo era. Era una mujer que conocí en África.

—Entiendo. Bueno, los soldados en el extranjero... Lo entiendo.

—Lo dudo. Solo la conocí durante dos horas y ahora está muerta.

—¡Chris, lo siento! No debería haber sacado conclusiones. He traído la jarra de leche, ¿quieres tomar un poco más?

Mientras ella se inclinaba para agarrar la jarra, Chris le acarició suavemente la espalda.

—Eres tan hermosa... Ese lunar que tienes en la mejilla me recuerda tanto al de Margaret Lockwood... Y tienes uno cuantos lunares más, aquí, sobre el pecho –añadió, inclinándose para besarlos.

–Bébete la leche. Bueno, ¿vamos a hablar?

–Sí, te lo voy a contar todo, aunque revivirlo me va a resultar muy doloroso.

–Entonces, no quiero...

–No importa. Quiero que conozcas mi pasado. Deberías saber mi historia –afirmó, antes de terminarse la leche de un solo trago–. Ya sabes dos partes de ella. Primero que traté de ayudar a esa mujer y que murió, junto a su hijo, por un error que yo cometí. En segundo lugar, que me hirió una granada de mortero. Ahora, voy darte los detalles que te faltan.

No era fácil. Nunca se lo había contado a ninguna mujer. De hecho, solo David Garner lo sabía. Joy era diferente a cualquier mujer que había conocido antes y decidió arriesgarse.

–Yo estaba conduciendo a una patrulla de cuatro hombres a través de la selva, de noche. Estábamos detrás de las líneas enemigas y llegamos a un pequeño pueblo abandonado...

Chris recordaba todo perfectamente. El calor, la humedad, el miedo constante... ¿Cómo había conseguido superarlo?

Efectivamente, el pueblo estaba abandonado. Lo habían registrado completamente para que pudieran sorprenderlos. Entonces, oyó un gemido que salía de una de las cabañas, por lo que levantó una mano para que sus hombres se detuvieran.

¿Sería una trampa? Se acercó con mucho cuidado a la puerta y la abrió de una patada. Con mucha cautela, entró en el interior de la cabaña, empuñando su ametralladora. En aquel momento, oyó un grito de terror y de dolor.

Con una señal de su linterna, les indicó a sus hombres que siguieran la búsqueda, ya que allí no había peligro. En un rincón de la cabaña había una cama y allí, cubierta de harapos, estaba una mujer. Estaba de parto. El resto de los habitantes del pueblo habían huido, pero ella no había podido hacerlo.

Conocía bien los primeros auxilios y llevaba un buen botiquín, pero este estaba diseñado para tratar heridas, no para ayudar a nacer a un niño. Igualmente, sus conocimientos de medicina no tenían nada que ver con un parto.

Aunque sabía que hubiera debido salir de la cabaña, no pudo hacerlo. Uno de los tres soldados llevaba una radio. Chris fue por ella y llamó al cuartel general. De antemano, ya se había imaginado la reacción de sus superiores. Le dijeron que era un militar, no una comadrona y que se marchara con su patrulla enseguida. Sin embargo, Chris insistió en que su deber era ayudar a las personas a las que habían ido a proteger y pidió hablar con un oficial médico.

Este comprendió completamente su postura y, paso a paso, iluminado solo con una linterna, Chris siguió las instrucciones que le daban por la radio.

–Descubrí que me gustaba aquella sensación y que incluso estaba disfrutando. Sentí que estaba haciendo algo más constructivo que lo que había hecho antes. Sin embargo, hubo complicaciones. Yo creía que el niño debía nacer enseguida y la pobre Matilda estaba sufriendo mucho. Me resultaba muy difícil seguir las instrucciones del médico, pero, al fin, decidimos que el problema era que los hombros del niño no podían atravesar la pelvis.

–¡Dios mío! ¿Y qué hiciste?

–Por la radio, el médico me dijo que la colocara con los muslos sobre el abdomen y que le hiciera una incisión en el perineo para que el niño pudiera pasar o que yo mismo pudiera sacarlo con la mano.

Entonces, sintió que Joy le agarraba la mano y se la apretaba con fuerza.

Recordó que había notado que todo parecía ir bien. Entonces, por radio les dijeron que había tropas rebeldes acercándose al pueblo y que tenían que marcharse enseguida.

–Siempre llevábamos una camilla, Joy. Podríamos habernos llevando a Matilda a través de la selva hasta el lugar donde nos esperaba un camión, pero no quería moverla. Matilda no hubiera sobrevivido las dos horas de viaje y el niño habría muerto con toda seguridad. Por eso, les dije a mis hombres que yo me quedaría unos minutos más, lo suficiente para que el niño naciera. Ellos no querían marcharse y tuve que utilizar toda mi autoridad con ellos.

El resto de la historia no tardó en contarse. Los rebeldes no entraron en el pueblo, sino decidieron destruirlo con fuego de mortero. Las bombas iban cayendo cada vez más cerca. Incluso, después de tanto, tiempo, el terror de aquel momento volvió a embargarlo.

–Una de esas bombas entró por el techo de la cabaña de Matilda y explotó dentro. Ella y su hijo murieron en el acto. Otra estadística más. Yo tuve suerte. Me desperté en una camilla. Mis hombres oyeron el bombardeo y, desobedeciendo órdenes, regresaron a buscarme. Bueno, de eso hace mucho tiempo –añadió, al ver que Joy estaba sollozando–. Desde entonces, he tratado de seguir con mi vida. Hay ciertas cosas que uno tiene que olvidar.

–Pero tú no lo has hecho –susurró ella, entre lágrimas–, así que no me digas ahora que lo olvide. Venga, cuéntame el resto de la historia.

–Mi prometedora carrera militar se terminó. Mis lesiones habían sido demasiado graves. No se prestó atención al hecho de que había desobedecido órdenes y se me declaró inútil. De todos modos, yo ya había decidido prepararme para ser partero. Ya conocía a David Garner. Hablé con él y me animó. Ya sabes que él también fue militar antes de especializarse en obstetricia y ginecología.

–Sí. ¿Por qué te culpas por la muerte de aquella mujer? Yo no creo que fuera culpa tuya. Tomaste una buena decisión e hiciste lo que había que hacer en aquel momento.

–Sé que no debería culparme, pero no puedo evitarlo. Es lo que nos inculcan en el ejército. Si se toma una decisión, hay que vivir con las consecuencias. Tal vez hubiera debido tratar de trasladarla. Ya nunca lo sabré.

–Y por eso sigues con las pesadillas.

–Antes eran mucho más frecuentes que ahora. Los médicos me han dicho que, con el tiempo, desaparecerán.

–¿Crees que hablar sobre lo que ocurrió aquel día te ayuda? Yo creo que sí. Has debido tenerlo guardado durante mucho tiempo.

–Creo que tienes razón, pero ya me he cansado de hablar del pasado.

–Es muy temprano, pero estoy completamente despierta. ¿Qué podemos hacer?

–Se me ocurre una cosa –susurró Chris, perdiéndose con ella entre las sábanas.

Más tarde, preparó el desayuno para su invitada y se lo tomaron en el jardín.

–¿Vamos a pasar el resto del día juntos? –preguntó Chris.

–Me encantaría, pero no puedo. Tengo cosas que hacer. Mañana tengo que ir a Londres. Me temo que me quedaré allí unos días. Es parte del curso que estoy haciendo.

–¿Me echarás de menos?

–Claro que sí. Acabo de encontrarte, acabamos de encontrarnos... cada minuto que pase lejos de ti me parecerá un desperdicio, Chris. Estoy enamorada de ti. Quiero... darte tantas cosas... Creo que la noche anterior ha sido la mejor de toda mi vida.

–Me alegro mucho. Yo también creo lo mismo.

–Vendré en otra ocasión a dormir contigo –prometió–, es decir, si me invitas.

–Puedes darte por invitada siempre que quieras venir –respondió él.

Capítulo 6

UNA DE las reglas que Joy había establecido para el funcionamiento de la unidad es que ninguna de sus matronas trabajara siempre en una tarea en particular. Lo que más le gustaba a Chris era trabajar en la sala de partos, pero no le importaba ayudar en otras partes del hospital. Sabía que, cuanta más experiencia tuviera, mejor sería en su profesión.

Aquel día, estaba ayudando a David Garner en el quirófano con un par de cesáreas. Los dos nacimientos fueron muy sencillos. Tras el segundo de ellos, Chris estaba en la sala de reanimación, escribiendo sus informes. La madre había sonreído a su hijo, pero se había vuelto a quedar dormida. Sin embargo, el niño no dejaba de llorar. Llevaba haciéndolo durante quince minutos y había demostrado tener un buen par de pulmones para ser tan pequeño. Por eso, Chris lo tomó en brazos y lo acunó contra su pecho. El niño dejó de llorar inmediatamente.

Para su sorpresa, Joy entró de repente en la sala. Miró a la madre dormida y luego contempló a Chris con el niño en brazos.

–Esa sería una foto preciosa... –dijo ella, acercándose a ellos.

–Es parte de mi trabajo –respondió Chris, muy contento de verla–. ¿Qué estás haciendo aquí? Pensé que te habías marchado a Londres.

–Me voy ahora, pero me dijeron que estabas aquí y vine a verte y a decirte que te echaré de menos. Además

–añadió, con una pícara sonrisa en los labios–, como también soy tu jefa, vine a ver qué tal estabas haciendo tu trabajo.

–¿Y he aprobado?

–Sí, has pasado todas las pruebas. ¿Crees que podrías dejar a ese niño con su madre y darme un beso?

Dos horas más tarde, Chris estaba tomando un café con David. No había nada que hacer, lo que era poco frecuente, así que tenían la oportunidad de relajarse.

–Pareces estar contento con la vida –dijo David, con una sonrisa–. ¿Te gusta tu trabajo?

–Sí. Me encanta estar aquí. Soy muy feliz en mi casa, en mi trabajo... ¿Y tú?

–Yo tengo los problemas habituales. Sé que los niños no vienen en el momento en que más me convenga a mí, pero puedo superarlo. Se me paga por esto y se me da bien mi profesión. Sin embargo, en estos momentos, me paso el tiempo discutiendo con los directivos del hospital. A mí me interesa más ahorrar sufrimiento a los pacientes que ahorrar dinero. ¿Te has enterado ya de nuestros problemas económicos?

–Algo he oído, pero hasta ahora no sé mucho –respondió Chris, mientras miraba por la ventana–. Otro día maravilloso, David. ¿Por qué no te escapas esta noche y vienes a dar un paseo conmigo por los acantilados? Podríamos terminar con una cerveza y algo de comida en un bar. Incluso podrías quedarte a pasar la noche en mi casa. Hay un par de cosas sobre las que me gustaría hablar contigo.

–Me encantaría, Chris, pero no puedo... ¡Sí, claro que puedo! Llamaré a Mary. Se alegrará de saber que he salido contigo. Te apuesto algo a que me pregunta si estás con alguien en esos momentos. Quiere ver que sientas la cabeza.

–Bueno, creo que le podrías decir que sí estoy con alguien... más o menos.

–Creo que sé a quién te refieres –dijo David, frunciendo el ceño–. ¿Es eso de lo que vamos a hablar?

–Tus consejos siempre me han ayudado mucho en el pasado.

Chris agradeció mucho charlar con un viejo amigo. Los dos hombres estuvieron paseando por los acantilados, recordando viejos tiempos.

–Bueno, ahora háblame de lo tuyo con Joy Taylor. Sé que es una persona excelente y se merece lo mejor.

–Estás muy seguro de que quiero hablarte sobre Joy, ¿verdad? –bromeó Chris.

–No soy ningún estúpido. He visto lo que está ocurriendo entre vosotros, pero no quiero que sufra.

–Yo tampoco. Sea lo que sea lo que hay entre nosotros es muy serio. Antes me solía decir que yo no le gustaba, que tenía una mente demasiado marcial, pero ya hemos superado todo eso.

–Entonces, ¿qué es lo que pasa?

–Que estoy enamorado de ella. Es una mujer maravillosa y debería tener hijos, pero no los podrá tener conmigo. Siento pena de mí mismo, pero no voy a hacer que sacrifique sus oportunidades de ser feliz casándose conmigo.

–No sabía que habías estado pensando en el matrimonio, Chris.

–No lo estoy. Querría que así fuera, pero no es así. Solo me preocupa que las cosas vayan evolucionando hacia ese lado. Ella se merece una familia propia. Yo ya le he dicho que no puedo tener hijos.

–Ha sido muy sincero por tu parte. ¿Qué te dijo ella?

–Me dijo que no teníamos que preocuparnos por eso todavía. Que le bastaba con el presente, pero sé que cambiará de opinión y, con el tiempo, tendremos que hablar.

—Es cierto, pero si llegáis a ese punto, siempre podréis adoptar hijos.

—Claro. Creo que eso es una idea estupenda, pero tal vez ella quiera hijos propios. Los dos sabemos el modo en que mira una mujer a su hijo recién nacido. Joy tiene derecho a experimentar esas sensaciones.

—¿Qué vas a hacer?

—Para empezar, tal vez no seamos tan perfectos el uno para el otro como había pensado en un principio. Solo el tiempo podrá decir si estoy en lo cierto. Sin embargo, nunca me he sentido tan atraído por una mujer como por ella y creo que a Joy le ha pasado lo mismo. Le he explicado mi situación y sabe que no podremos tener hijos, así que tiene que decidirse, pero no me parece del todo justo. Debería ser yo quien la dejara marchar, pero... significa tanto para mí...

—Tienes un grave problema. Sin embargo, sé que harás lo adecuado aunque te resulte difícil. Recuerda que también ella tiene derecho a tomar decisiones sobre su propia vida y debes darle la oportunidad de que elija lo que quiere hacer. Si quiere seguir a tu lado, tendrás que permitírselo.

—No sé si alegrarme o sentir que me hayas dicho esas palabras —concluyó Chris.

—¿Que las demás comadronas te eligieron como su representante mientras yo estaba fuera? —preguntó Joy, incrédula.

—Unánimemente —replicó Chris—. Creo que esto es un reconocimiento de mis evidentes habilidades, aunque también pudiera ser que ninguna de ellas quería el trabajo.

Los dos estaban de pie, en el despacho de Joy, a punto de dirigirse a una reunión muy importante.

–¿Entiendes lo que está ocurriendo? ¿Conoces todos los detalles?

–No y creo que todos esos detalles son muy importantes. Quiero ver cifras, hechos concretos y no tener que escuchar rumores o chismes. Estoy seguro de que en eso no estaremos en desacuerdo.

–De acuerdo. Básicamente, el hospital anda corto de fondos. Cada departamento tiene que ahorrar. Creo que de lo que se trata es de que tengamos menos camas y menos personal.

–Eso me había parecido a mí. También se me ha ocurrido que tener un representante elegido por los propios empleados en la reunión es un modo de que esos recortes resulten más aceptables.

–También lo he pensado yo –admitió Joy–. Por cierto, David Garner está completamente de nuestro lado. Es con los miembros del consejo de dirección con los que nos tendremos que enfrentar.

–Eso ya lo sé. Bueno, ¿nos vamos?

Mientras los dos cruzaban el jardín del hospital para ir al lugar de la reunión, Chris dijo alegremente:

–Afortunadamente, todo el mundo sabe que vamos a una reunión. Así no pensarán que hay algo entre nosotros.

–Lo dirán con el tiempo si seguimos viéndonos. En los hospitales siempre hay cotilleos.

–Yo puedo soportarlo si puedes tú, Joy.

Al llegar al edificio principal, entraron y subieron la majestuosa escalera que llevaba al primer piso. Habría unas treinta personas en la sala de reuniones, sentadas alrededor de una elegante mesa de madera. Como cada uno tenía asignado su sitio, Joy y Chris buscaron su silla. Saludaron a David Garner, que estaba sentado al otro lado de la mesa.

–¿No te sientes algo abrumado por todas estas personas tan importantes? –susurró Joy.

–En las negociaciones, la actitud es tan importante como los hechos que se presenten, así que tienes que mostrarte segura de ti misma. Esto es una batalla. Tenemos que lucharla con el cerebro.

–¡Esto no es un campo de batalla! ¡Es un hospital!

–Es un lugar en el que cada persona está tratando de imponer sus puntos de vista. En esencia, eso es una batalla. Lo que tienes que hacer es no enojarte ni empezar a insistir enseguida en lo que nos tienen que dar.

–¡Oye! ¿Quién es el superior de quién aquí?

–Tú eres mejor comadrona que yo, pero yo he estado en más batallas que tú. Bueno, creo que ya empiezan.

El presidente del hospital acababa de entrar en la sala y empezó entregando a todo el mundo una carpeta con documentos.

–Señoras y caballeros, muchas gracias por venir. Seré breve. Por varias razones, estamos faltos de fondos y tendremos que reducir gastos. En nuestro nombre, he escrito a la prensa, al representante de esta ciudad en el parlamento y al ministro de Sanidad. Sigo enviando cartas a todo el mundo y, tal vez, con el tiempo, la situación mejore, pero en estos momentos tenemos que tomar medidas. He hablado con todas los jefes de departamento y todos me han respondido que no se pueden recortar más gastos. Entiendo sus posturas, pero se deben hacer recortes. He preparado un plan...

La reunión siguió el esquema habitual. Todo el mundo estaba furioso y descontento. Chris se había imaginado que aquello ocurriría y no había dicho mucho cuando Joy había participado en la discusión.

–¿Es que tú no tienes nada que decir? –le había preguntado ella, muy irritada.

–Todavía no –había respondido Chris, limitándose a

estudiar los papeles. Al fin conocía todos los detalles que necesitaba.

Alfred Comber, jefe de pediatría del hospital, estaba atacando a la unidad de Obstetricia y Ginecología porque creía que no se debía recortar nada en su departamento y sí en el de maternidad. Lo peor de todo fue que David Garner tuvo que marcharse, de nuevo, por una emergencia. Alfred Comber estaba consiguiendo los apoyos que necesitaba.

Finalmente, Chris decidió que había llegado su momento.

—Me alegra ver que el señor Comber está de nuestra parte. He estado mirando los datos que nos han suministrado y creo que, si reorganizamos los patrones de trabajo de todo el personal sanitario y de mantenimiento, no tendremos que despedir a nadie.

—Lo siento —dijo el presidente—. Eso ya lo he intentado yo. No es posible.

—Yo creo que sí —replicó Chris—. Esa reorganización tendría que incluir, por supuesto, a los puestos de más responsabilidad en los departamentos. Yo sé que el doctor Garner estaría dispuesto a hacerlo.

—Imposible —gritó Comber—. Yo no puedo alterar mi ritmo de trabajo.

—Tal vez tuviera que elegirse entre recibir una contraprestación por atender a pacientes privados o acceder a que se despida al personal del hospital. ¿Qué es lo que prefiere?

Todo el mundo se quedó en un absoluto silencio. Nadie se atrevía a hablar a Alfred Comber de aquel modo.

—Me gustaría ver esas reorganizaciones, aunque dudo que les preste mucha atención —le espetó el señor Comber—. Habrá que realizar despidos y eso no es asunto mío. ¡No va a venir un partero a decirme lo que tengo que hacer!

—Estoy aquí representando los intereses de las comadronas y del hospital en conjunto –replicó Chris–. Aquí no se ha hablado de confidencialidad alguna. Sería un buen titular en los periódicos eso que acaba de decir, señor Comber.

–Usted no se atrevería –le espetó–. Si quiere poder trabajar en este hospital...

–Y amenazar así a un compañero con menos suerte que yo –concluyó Chris–. Señor Comber, déjeme que le diga una cosa. Claro que me atrevería.

El presidente, completamente anonadado por lo que se estaba diciendo allí, decidió intervenir.

–Caballeros, por favor. Tal vez deberíamos hablar con algo más de... con menos pasión. Estoy seguro de que tanto el señor Comber como el señor McAlpine quieren lo mejor para este hospital. Tal vez si el señor McAlpine quisiera presentarme sus sugerencias, digamos en quince días, podríamos estudiar sus propuestas.

Se produjo un murmullo general de aprobación. Entonces, el señor Comber salió rápidamente de la sala.

–Buena reunión –le dijo Chris a Joy.

–Lo hiciste a propósito, ¿verdad? –le dijo Joy, mientras volvían a su unidad–. Provocaste deliberadamente a ese hombre para que se pusiera en ridículo.

Chris tardó algún tiempo en contestar.

–Tal vez, como resultado de lo que he dicho, no tengamos que perder a algunas compañeras. Eso significa que más madres e hijos se verán atendidos y recibirán mejores atenciones. ¿No te parece eso algo bueno?

–Estupendo. Tú hiciste mejores cosas en esa reunión que yo misma, pero, ¿cómo...? Al principio me pareció que estabas algo abrumado por las personas que estaban sentadas en aquella mesa, pero no fue así. Te mostraste despiadado. Y ellos no están acostumbrados a personas como tú.

–¿A personas como tú? ¿Es que no soy un buen profesional?

–Sabes que eres de los mejores en tu profesión y también una persona generosa y cariñosa, pero es que a veces muestras un lado oscuro de tu personalidad y eres capaz de conseguir siempre lo que quieres.

–¿Como llevarme a mi jefa a cenar esta noche a Croston's?

–Por ejemplo –bromeó ella, mientras atravesaban el jardín. Estaban ocultos entre los árboles y Joy se detuvo y besó a Chris rápidamente–. Tal vez me hayas ahorrado tener que decidir de qué matrona voy a prescindir. Y, por eso, te adoro. No me importa cómo lo consigas.

–Te prometo que seré bueno. ¿Me das otro beso?

–No. Podrían vernos –susurró ella.

–Bueno. Escribiré ese informe y reuniré a todas las comadronas para hablar con ellas. ¿Quieres venir tú también?

–Allí estaré. ¿Qué es lo que vas a decir?

–Nada de amenazas o fechas. Ni tampoco quiero levantar las esperanzas de nadie. Solo es una pequeña posibilidad para que consigamos evitar despidos obligatorios.

–Me apuesto algo a que consigues lo que quieres.

La reunión tuvo lugar al día siguiente. Chris habló breve, pero elocuentemente. Al final de la reunión, todas las matronas decidieron apoyarle en sus propuestas para alterar los patrones de trabajo si aquello significaba que ninguna de ellas era despedida.

–Les has dicho lo que querían escuchar –le dijo Joy, cuando hubieron terminado–, pero has hablado con justicia. No les has dado falsas esperanzas, sino moral. Hay algo en ti que inspira confianza. Incluso me das confianza a mí y, a veces, yo soy una cínica en lo que se refiere a este tipo de asuntos.

–Quiero que sientas todavía más confianza en mí.

Dos días más tarde, las cosas eran muy diferentes.

–Te has mostrado demasiado agresivo, Chris –le advirtió Joy–. Y también has proferido amenazas, esta vez, contra un empleado de este hospital.

–Me ocurre de vez en cuando –admitió él–. Es como una niebla roja que se apodera de mí y me saca los peores instintos, aunque no me ocurre muy frecuentemente.

–Hmm –dijo ella. Estaban en su despacho, dado que acababa de hacer que fueran a buscarlo–. Esto es muy serio, Chris. No estoy segura de lo que debo hacer. Tampoco estoy segura de que debiera estar preguntándotelo a ti.

–Tal vez tengas razón. ¿Me hace eso suponer que la joven Carole Green ha venido a verte?

–Efectivamente. No presentó una queja formal, pero me dijo que le habías sugerido con un lenguaje muy fuerte que viniera a verme.

–Bien. Ahora te diré mi versión de la historia. Entonces, tú decidirás sobre lo que hay que hacer. Anoche me tocó trabajar, pero no había muchos pacientes. No había luz en esa sala de espera que utilizan los pacientes, pero me pareció escuchar un ruido. Entré y vi a Henry Trust con aspecto enojado y a Carole muerta de miedo. Cuando entré, Henry la soltó. Ya te puedes imaginar lo que había estado intentando. ¿Te mostró el brazo?

–No.

–Pues échale un vistazo. Está lleno de hematomas. Bueno, cuando yo entré, Carole se soltó y Henry se enfadó mucho conmigo y me preguntó qué era lo que estaba haciendo. Yo le repliqué que estaba cuidando del bienestar de una de las empleadas y él me dijo que todo el mundo sabía cómo me ocupaba yo del bienestar de las mujeres del hospital. Entonces, me acerqué y le dije que el último hombre al que vi acosando a una mujer tuvo que estar ingresado en un hospital.

–¿Lo tocaste?

–¡Claro que no! Solo me acerqué a él. Estaba de espaldas a la pared.

–¿Cuánto te acercaste a él?

–Nuestras narices estaban separadas más o menos por un centímetro –admitió Chris–. Henry pareció ponerse algo nervioso.

–Ya me lo imagino –replicó Joy, conteniendo la risa.

–Bueno, después fui a buscar a Carole y le dije que si sentía que la estaban sometiendo a un trato vejatorio, debería informarte de ello. Carole me dijo que tú habías estado saliendo con Henry en otro momento. Yo le expliqué que, aunque hubieras estado casada con él, te habrías ocupado de que se la tratara con justicia.

–Bien dicho. ¿Crees que fue una asalto serio?

–Eso lo tiene que decir Carole, pero creo que no. No creo que Henry tenga agallas para eso.

–De acuerdo. Volveré a hablar con Carole, le inspeccionaré el brazo y hablaré con David Garner para pedirle que hable con Henry sin que transcienda oficialmente.

–Creo que eso es lo mejor. Espera hasta que Carole te diga exactamente lo que ocurrió. Bueno, es mejor que yo vuelva a mi trabajo.

Joy se puso de pie y se fue a apoyar sobre una estantería. Chris tenía que pasar al lado de aquel mueble para salir por la puerta.

–¿Cuánto te acercaste a Henry?

–Así –respondió Chris, tomándola entre sus brazos y tocándole la nariz con la suya.

–No me extraña que se sintiera... afectado. Creo que a mí me está pasando lo mismo, aunque de un modo muy diferente.

Chris se inclinó para besarla y, en aquel momento, empezó a sonar el teléfono.

—Salvada por la campana —dijo Joy.

Era viernes por la noche, muy tarde. Chris se sentía más irritado e impaciente de lo que hubiera creído posible. Joy tenía que asistir a una reunión y había llamado para decirle que no podría llegar a su casa para cenar, pero que llevaría una botella de vino.

—Tengo tantas ganas de verte... —le había dicho.

Su atención debió distraerse en el momento vital, porque, mientras estaba sacando un libro de una estantería, alguien llamó a la puerta. Era Joy.

Chris trató de besarla, pero ella giró la cabeza para que solo pudiera hacerlo en la mejilla.

—Necesito tranquilizarme —le dijo—. Todavía estoy furiosa por esa reunión, pero me alegro de estar aquí. Y me alegro mucho de verte.

—Yo también.

Al mirarla, vio que llevaba una bolsa con sus cosas en una mano y una botella de champán en la otra.

—Tenemos que hablar y quiero hacerlo cómodamente. De hecho, quiero hacerlo en la cama. ¿Te importa si me doy primero un baño? Me gustaría quitarme el olor del hospital.

—Haz lo que quieras. ¿Quieres que te frote la espalda?

—Creo que no. Podría llevar a... otras cosas. Chris, déjame que esté sola durante un rato. Sé que es tu dormitorio, pero necesito hacerlo también un poco mío.

—Lo que tú quieras. Ya sabes el camino.

Media hora más tarde, Joy lo llamó.

—Ahora puedes subir... y traerme una copa de vino. Por cierto, ¿qué es ese olor tan maravilloso?

Chris sacó la bandeja del horno y colocó los contenidos sobre un plato.

–Una sorpresa –dijo, mientras subía por la escalera–. Leí un artículo sobre cómo impresionar a una mujer y daba unas cuantas recetas. Eso es lo que he hecho.

Al entrar en su dormitorio, tuvo que parpadear. Las luces estaban apagadas y Joy había iluminado la habitación con velas. Sobre la cómoda, había un bol lleno de agua, con unas bolas de cristal y una luz en el centro que lanzaba dibujos sobre las paredes. Joy estaba sentada en la cama, con un camisón de raso. A Chris le pareció que nunca la había visto más hermosa.

–Siéntate a mi lado –le sugirió–. ¿Qué hay en esa bandeja?

Chris le mostró lo que había preparado. Eran unas pequeñas tartaletas de salmón y espárragos, de paté de pato sobre pan tostado y una gran variedad de cosas.

–¡Qué delicia! Antes no tenía hambre, pero ahora...

Se tomaron el contenido del plato y, enseguida, Chris descorchó el champán. Mientras se tomaban la primera copa, Chris la rodeó con sus brazos.

–Ya te he dicho que necesitaba hablar contigo. Cuando tengo cosas en la cabeza, me pongo de mal humor, pero tengo que decírtelo.

–Si te va a poner de mal humor, ¿por qué no puede esperar? Todavía nos queda mañana.

–No, tiene que ser ahora, pero puedes tenerme entre tus brazos. Siéntante en la cama y yo me colocaré entre tus piernas –sugirió ella. Cuando estuvieron en esa posición, Joy siguió hablando–. Ya sabes que solía estar en contra de lo que yo llamaba tu mente marcial, del modo en que te salías con la tuya sin importarte cuáles fueran las consecuencias.

–Sí.

–Bueno, pues ahora he cambiado de opinión, pero tiene que ver con mi padre. Pensaba que tú eras como él. Ya te dije que estaba en la Marina, en la que era teniente coronel. Murió hace ocho años, cuando yo tenía veinte. Fue un accidente sin sentido con un automóvil en una base. Yo... bueno, no lo veía con mucha frecuencia. Estaba siempre en la mar. Tal vez le costaba un poco adaptarse a la vida familiar. Nunca fuimos una familia muy unida. Se puso muy contento cuando empecé a estudiar para ser enfermera. Era el tipo de profesión que le parecía que las mujeres debían tener. A veces, yo me preguntaba si sabía lo que debía hacer con una hija. Supongo que me quería, pero a su manera.

—Uno solo puede amar a su manera.

—Si, pero a mí no me sirvió de nada. Tenía un hermano que se llamaba Tim. Era un año mayor que yo y estábamos muy unidos. Más que hermano y hermana, éramos amigos. Mi padre estaba muy orgulloso de Tim. Fue a la academia militar y, cuando terminó, se le ofreció un puesto en la Marina. Por supuesto, mi padre estaba encantado, pero Tim dijo que quería tomarse un año sabático, porque tres de sus compañeros se iban a América del Sur durante doce meses para trabajar como voluntarios. Tim quería ir con ellos.

—Y a tu padre no le pareció una buena idea.

—Eso es poco. Se puso hecho una fiera. El otro problema fue que, por aquel entonces, a mi madre le diagnosticaron un tumor en el pecho. Resultó ser benigno, pero no lo sabíamos. Sentíamos que había que apoyarla sin condiciones. Tim, de mala gana, se unió a la Marina. Recibió muchas cartas de sus amigos, en la que le decían lo mucho que se estaban divirtiendo. Yo vi esas cartas.

—¿Y disfrutó él en la Marina?

—¿Quién sabe? No habló mucho de eso, porque le enseñaron que no debía mostrar sus sentimientos, pero eso ya lo sabes tú, ¿verdad?

—Lo entiendo perfectamente.

–Bueno. Murió. Ni siquiera fue combatiendo en una guerra, sino en unas maniobras. Nunca nos contaron todos los detalles. Su vida se desperdició y lo único que había deseado, que fue ir a América del Sur, se le negó. La Marina nos envió un oficial para que hablara con nosotros y él nos dijo que había muerto como un héroe, sirviendo a su país. ¡No conocía a Tim! Yo le dije que Tim era demasiado joven para eso. Ahora, en ti, veo retazos de las personas en las que se convirtieron mi padre y mi hermano. Las cosas que los mataron. ¡Por eso creí que no podría amarte, pero no es así!

Joy estaba llorando. Mientras Chris la estrechaba contra su pecho, sintió la calidez de las lágrimas de ella contra su piel. Lo único que podía hacer era abrazarla. Sabía que no había nada que pudiera decir.

Poco a poco fue pasando el tiempo y, de repente, notó que la respiración se iba haciendo cada vez más profunda y el pulso cada vez más lento. Entonces, se dio cuenta de que estaba dormida.

Suavemente, la dejó sobre la cama y fue a apagar las velas. Luego, se tumbó a su lado y cubrió a ambos con el edredón. Chris suspiró y cerró los ojos. Sin embargo, tardó un buen rato en quedarse dormido.

Capítulo 7

A LA MAÑANA siguiente, la tristeza que Joy había experimentado la noche anterior se había desvanecido. Tal vez hablar de Tim con Chris había contribuido a ello.

Cuando Chris abrió los ojos, sintió que Joy le acariciaba suavemente el cabello y le besaba suavemente en la mejilla.

—Estoy despierto.

—Entonces, duérmete. Anoche tú me cuidaste. Ahora, quiero hacer algo por ti. ¡No! –exclamó, cuando vio que él empezaba a incorporarse–. He dicho que sigas dormido. Volveré enseguida –añadió, antes de salir de la cama.

Chris se quedó allí tumbado, completamente relajado. Miró al techo y frunció el ceño. Aparte del habitual reflejo del sol, había una luz extraña bailando sobre él. Al girar la cabeza, vio que, de la barra de las cortinas, había colgado un pequeño cristal.

—¿Pusiste tú este cristal ahí? –le preguntó, cuando Joy entró con una bandeja en las manos que contenía dos enormes tazas de café.

—Sí. Se supone que trae buena suerte. No sé si será cierto, pero me gusta la luz que refleja por todas partes. ¿No te parece que hace que tu dormitorio sea más bonito?

—No tanto como tú, pero sí, lo hace más bonito.

Joy se sentó en la cama al lado de él y se tomaron el café. No hablaron, les bastaba ya con la compañía del otro. Ya no había la necesidad de tomar lo que pudieran antes de que desapareciera. Podían experimentar, tomarse su tiempo en acariciar y besar. Dos cuerpos, cada uno con tanto para ofrecer... Más tarde, después del clímax, se produjo un sentimiento de felicidad y de satisfacción mucho más profundo. Entonces, se tumbaron de lado y dejaron que el aire de la mañana refrescara sus acalorados cuerpos.

–He mirado nuestros horarios y he visto que tienes un par de días libres a mitad de semana –dijo Joy–. ¿Qué vas a hacer con ellos?

–Me temo que tengo cierto asunto en Londres. Relacionado con el ejército. Lo siento.

–¿Me puedes decir dónde vas?

Después de un silencio, Chris se encogió de hombros.

–Solo es papeleo. Si puedo, te diré cuándo voy a regresar.

–Puedo esperar –susurró ella, acariciándole suavemente el cuello–. Estar así, a tu lado, es delicioso, Chris. Así juntos, sabiendo que siempre estarás conmigo...

Él no quería romper la magia de aquel momento, pero tenía algo que decirle. Iba en contra de su naturaleza guardar silencio. Joy había elegido no prestar atención al hecho de que Chris no podía tener hijos, pero él no podía hacerlo.

–Siempre es mucho tiempo, Joy. Y no sabemos lo que nos deparará el futuro.

–No creo que eso sea algo muy agradable que decir en este momento. Ahora, solo quiero estar alegre y satisfecha contigo.

–Eso es también lo que quiero yo, pero no puedo olvidarme de que tu querrás tener hijos. Eres una mujer nacida para tenerlos. Y yo no podré dártelos.

–No importa. Por ahora, nos tenemos el uno al otro y dejaremos que el futuro se ocupe de lo demás. Somos demasiado jóvenes para preocuparnos sobre eso.

Aquello era lo que Chris necesitaba escuchar, pero

se preguntó si no se había imaginado un cierto tono de inseguridad en aquellas palabras. Desesperadamente, esperó que no fuera así.

De hecho, pasó algún tiempo antes de que pudieran volver a encontrarse en la intimidad. Se habían cruzado muchas veces por los pasillos y, en un par de ocasiones, Chris había entrado en su despacho para robarle un beso. Joy quería que su relación se siguiera manteniendo en secreto. Luego, él se marchó a Londres, aunque la llamó por teléfono en cuanto regresó y le pidió que fuera a su casa aquella tarde.

–¿Se trata de algo especial, Chris? ¿Tienes una sorpresa para mí?

–Creo que sí –respondió él, con voz solemne–. Ven a las siete.

Con aquello, colgó.

Joy se presentó en su casa a las siete en punto.

–Me he traído mis cosas, como siempre. Espero que me invites a pasar la noche contigo.

–Ya sabes que siempre eres más que bienvenida. Espero que todavía quieras hacerlo después de lo que te tengo que decir.

–No me gusta cómo suena eso –susurró Joy, alarmada–. ¿Vas a contarme algo más sobre tu pasado?

–Sobre mí no. Siéntate, Joy. No tardaré mucho y después, espero que podamos seguir como hasta ahora. No me gusta correr riesgos, pero este es completamente necesario.

–¡Vamos, Chris! ¡Cuéntamelo!

Él la llevó hasta una de las butacas del salón y la sentó. Luego, se sentó él mismo frente a ella. A la derecha de Joy había una pequeña mesa con el teléfono, y, al lado del aparato, había un número escrito sobre un trozo de papel.

–Ya sabes que fui a Londres –dijo él, mientras servía

dos copas de coñac–. Sigo teniendo algunos contactos
en el ejército, así que hice algunas investigaciones.
Ahora, hay algo que tienes que hacer tú misma. Ese es
el número de teléfono del oficial Peter Lambert. Estaba
con tu hermano cuando murió y lo vio mucho en los últimos días de su vida. Él te dirá cómo murió. Creo que
te vendrá bien hablar con él.

–¿Por qué... por qué has hecho esto? Ya estoy sufriendo. Estoy tratando de vivir con un dolor que te estás empeñando en avivar. ¿Por qué tienes que sacar este
tema a colación? ¡Eres cruel, Chris!

–Tú lo has dicho –susurró él, muy pálido–. Ya estás
sufriendo y en parte es por lo que no sabes. Hablar con
Lambert podría ayudarte. Siempre es mucho mejor saber –añadió, antes de ponerse de pie–. Lambert estará
en ese teléfono durante las próximas dos horas. Ahora,
depende de ti que lo llames o no.

Joy permaneció inmóvil durante largo rato. Las lágrimas empezaron a rodarle por las mejillas. Por fin,
con un hilo de voz, habló de nuevo.

–Creo que... quiero hacerlo, pero no puedo... No me
atrevo. Chris. ¿Quieres llamar tú en mi nombre?

–No, Joy. Debes llamar tú. Es algo que debes hacer
personalmente. Toma un sorbo de coñac y agarra el teléfono. Yo estaré esperando fuera.

Chris salió al jardín y cerró la puerta. Antes de darse
la vuelta, miró a Joy y la vio completamente inmóvil,
mirándolo.

Fue la hora más larga de su vida. De repente, la
puerta del jardín volvió a abrirse y Joy salió. Tenía dos
tazas de té en las manos.

–¿Has llamado? –preguntó, con mucha cautela.

–Sí. Me ha gustado hablar con Peter Lambert. Voy a
escribirle para darle de nuevo las gracias.

–Entonces, ¿te alegras de haber llamado?

–Supongo que sí. Hablar con Peter me ha traído muchos recuerdos. Me ha contado cosas sobre mi hermano que yo recordaba, pero... Peter me ha dicho que mi hermano fue muy feliz en su trabajo. Y, lo más importante de todo. Fue un héroe. Murió ayudando a otra persona.

Las lágrimas empezaron a correr por las mejillas de Joy. Después de un rato, sacó un pañuelo y se limpió los ojos.

–Hay algo más. Te arriesgaste mucho tratando de localizar a ese hombre y luego decirme que llamara. Podrías haber estropeado lo que hay entre nosotros. Todavía me siento algo... manipulada. De nuevo has tomado decisiones que, tal vez debería haber tomado yo.

–Corrí un riesgo –admitió Chris–, pero solo para que tú fueras más feliz. Si hay que hacer algo, debe hacerse.

–Sí, claro que sí.

–¿Cómo te va con Joy? –le preguntó David, unas semanas más tarde–. Mary me lo ha preguntado. Cuando le dije que tenías pareja, se puso muy contenta. Realmente quiere verte casado.

–A Joy y a mí nos va muy bien –respondió Chris–. Estamos progresando. No creo haber sido más feliz en toda mi vida. Ya sabes que ella lleva en Londres tres semanas por el curso que está haciendo. Justo ahora que las cosas nos iban tan bien...

–¿Os mantenéis en contacto?

–Claro. Me llama dos o tres veces a la semana y hablamos durante mucho rato. Sin embargo, resulta algo difícil porque a ninguno de los dos nos gusta hablar por teléfono. Cuando estamos juntos es mucho mejor, porque podemos vernos y tocarnos, pero al teléfono nos cuesta relajarnos. Estamos aprendiendo mucho juntos.

–Eso es muy divertido. Lleva tiempo, así que es mejor que no os precipitéis.

–Ya lo sé. La primera vez que la vi fue... fantástico,

pero supongo que solo era algo físico. Ahora, cuanto más la veo, más me gusta. ¡No! ¡Más la quiero!

—¿Y el problema de formar familia?

—Ella nunca lo menciona, y yo tampoco. ¿Por qué estropear algo tan maravilloso? Sin embargo, pienso mucho en ello.

—Algunas veces, los problemas se resuelven por sí mismos.

—Tienes una llamada de teléfono, Chris —le dijo una de las secretarias del hospital—. Puedes recibirla en mi despacho. Yo me marcho ahora a tomar un café.

—Chris McAlpine al habla.

—¿A qué hora llegas a casa?

—¡Joy! Me alegro mucho de hablar contigo. ¿Has regresado ya? No te esperaba hasta mañana. Podría haberte ido a recoger a la estación.

—Vine en taxi, gracias. Te he preguntando a qué hora llegas a casa.

—Joy, ¿qué te pasa? Noto que estás...

—¡Dime de una vez a qué hora llegas a casa!

—Bueno, acabo aquí dentro de una hora y luego tardo media en llegar a casa. ¿Es que vas a ir a verme? Sería estupendo, pero, ¿qué te pasa? Pareces...

—Estaré esperando en la parte de atrás de tu casa.

Con aquellas palabras, colgó.

Perplejo y preocupado, Chris se quedó mirando fijamente al teléfono. ¿Qué le ocurriría? Su voz había sonado dura, casi artificial. Ni siquiera cuando había estado muy enfadada con él le había hablado de aquella manera. Se encogió de hombros. Lo sabría muy pronto.

Chris no entró en su casa a través de la puerta principal sino que fue directamente a la parte de atrás, donde

Joy le dijo que le estaría esperando. Vio su coche y luego la vio a ella. Estaba de espaldas, sentada en el jardín donde habían pasado tantas horas felices.

Por la ropa que llevaba puesta, supo que había ido directamente a verlo, sin cambiarse. ¿Qué podría ser tan importante?

–¡Joy! ¡Me alegro mucho de verte! –exclamó Chris, acercándose rápidamente a ella. Entonces, la abrazó y trató de besarla, pero ella lo apartó con muy poca ceremonia.

–¡No me beses! Siéntate en esa silla y escúchame.

–¿Nos tenemos que sentar aquí? –preguntó Chris, incrédulo por su comportamiento–. ¿Es que no puede esperar lo que sea hasta que nos haya servido una copa?

–No, no puede. He dicho que te sientes. Y deja de ser tan considerado. Estoy harta de esa actitud.

–¿Te importa al menos mirarme a la cara cuando me hablas? Me gusta que lo hagas.

–Te miraré cuando tenga que hacerlo –le espetó Joy–. Además, lo que te gusta no importa nada en estos momentos.

–Como desees. Me sentaré aquí en silencio hasta que me digas qué es lo que pasa.

–La primera vez que nos acostamos juntos, me dijiste... me mostraste tus cicatrices... Habías estado en una explosión. Tuvieron que operarte y una de las consecuencias fue que no podías tener hijos.

–Sí, efectivamente –replicó él, temiéndose que, por fin, había decidido terminar su relación porque nunca podría tener hijos con él.

–Entonces, ¿cómo es que estoy embarazada?

–¿Cómo?

–¡He dicho que cómo es que estoy embarazada!

–¿Estás segura? –preguntó Chris, sin poderse creer que hubiera escuchado aquella frase.

–Mis periodos nunca han sido irregulares. ¡Nunca!

Tuve una falta y no me lo podía creer, así que me hice una prueba de embarazo.

–¿Que te hiciste una prueba de embarazo? –repitió Chris. Sabía que debía sonar como un idiota, pero era así cómo se sentía.

–Sí, una prueba de embarazo. Se compran en la farmacia, ¿sabes? Y el resultado fue positivo. Sin dejar lugar a dudas.

–No lo entiendo... Es imposible... ¿No habrás... ?

–¡No te atrevas a sugerir que he estado con otros hombres! ¡Ni te atrevas!

–No iba a hacerlo. Es que... ¿De verdad estás embarazada?

–Tú sabes perfectamente lo fiables que son estas pruebas hoy en día. De hecho, hasta la repetí solo para asegurarme. Por supuesto, es muy pronto todavía, pero, según lo que dicen los resultados, estoy embarazada. Y no me hace muy feliz. De hecho, me siento furiosa. Chris, ¡yo confiaba en ti! Me dijiste que no podías tener hijos y yo te creí. De otro modo, jamás hubiera accedido a hacer el amor sin utilizar un anticonceptivo.

–Por favor, Joy, dame solo un minuto. Tengo que asimilar esto. Tengo que... Joy, me has cambiado mi vida entera.

–¡No tanto como tú me has cambiado la mía!

¿Cómo podría haber ocurrido aquello? Había hablado con varios médico sobre el tema una y otra vez, hasta con David Garner. La metralla había cortado los conductos por los que circulan los espermatozoides y se le había asegurado que jamás podría tener hijos. Sin embargo, había casos similares en los que la ciencia había fallado. De hecho, los médicos le habían dicho que tenía una posibilidad entre un millón. Y esa posibilidad se había hecho realidad.

–Debo haber sido una completa idiota. Dime, Chris, ¿cuántas mujeres has engañado de ese modo? ¿A cuántas mujeres les has mostrado tus cicatrices y les has contado ese cuento?

—¡Eso no es cierto, Joy! Todo lo que te dije era verdad. Bueno, al menos yo creía que era cierto. Lo creía de principio a fin... Cielo, ¡esta es la mejor noticia que me podrías haber dado! Todos los niños deben tener padre, así que nos casaremos enseguida.

—¡Ni hablar! No quiero casarme contigo. Ya ni siquiera me gustas. ¡Confiaba en ti y me has defraudado!

—Joy, esto es tan sorprendente para ti como para mí. Creo que deberíamos hablar del tema. Sé razonable... Tenemos que decidir lo que es mejor para ti y para el niño, pero no puedo ocultar el hecho de que estoy completamente encantado. Es lo que siempre había soñado, pero que nunca había creído posible. En realidad, el niño no supone diferencia alguna sobre lo que siento por ti. Quiero casarme contigo, tanto si estás embarazada como si no, así que vamos a tener que tomar una decisión.

—¡No! No tenemos que tomar ninguna decisión. Soy yo la que debe tomarla. Todavía es temprano, pero te haré saber lo que haya decidido. Si creo que es necesario.

—Pero quiero...

—Ya te he dicho que lo que tú quieras no cuenta mucho para mí. Necesito... necesito pensar. No quería esto y...

Finalmente, aquel férreo control terminó por derrumbarse y Joy se echó a llorar.

—¡Joy, tesoro! —exclamó Chris. Entonces, se puso de pie y trató de tomarla entre sus brazos.

—¡No te acerques a mí! ¡Ni te atrevas! —le gritó, casi histérica.

—Tengo que ayudarte —dijo él, volviéndose a sentar—. Tanto si te gusta como si no, esto es responsabilidad mía también y voy a enfrentarme a ella.

—Eso es lo que había pensado que me dirías. Pues bien, no voy a volver aquí. Por supuesto, nos veremos en el trabajo, pero eso será todo. Solo te pido una cosa, que mantengas esto en secreto. Nadie debe saberlo durante los próximos dos meses. Eso me dará tiempo para pensar qué es lo que quiero hacer y cómo organizar mi vida. Supongo que es demasiado pedirte que te marches del hospital enseguida y que salgas de mi vida para siempre.

–Sí. Es demasiado pedir.

–Entonces, te llamaré dentro de dos meses para que podamos hablar. Hasta entonces, no mantendremos ningún contacto. ¿Comprendes lo que estoy diciendo?

–Lo comprendo –musitó Chris. Sabía que era inútil tratar de convencerla de lo contrario–. Joy, yo no he planeado esto, pero ha ocurrido y deberíamos enfrentarnos a ello juntos. Me harías muy feliz si te casaras conmigo.

–No me importa lo que a ti te haga feliz. Me interesa más saber lo que a mí no me va a amargar la vida. Bueno, ahora me marcho. Y recuerda, no le digas nada a nadie. ¿Me has comprendido?

–Comprendido.

En el trabajo, Chris no podía ocultar sus problemas. Al día siguiente, estaba en el quirófano con David. Había planeadas tres cesáreas para aquel día.

Como siempre, Chris llegó antes de tiempo para prepararlo todo. A los pocos minutos, llegó Sally Armstrong y la colocaron sobre la mesa de operaciones. Mientras el anestesista lo preparaba todo Chris se acercó a saludar a la nerviosa mujer.

–Me llamo Chris McAlpine y soy el partero. Yo seré el primero en tener en brazos a su hija, pero se la daré enseguida.

–Va a ser un niño –respondió Sally–. Como quería saberlo, me lo dijeron después de la ecografía. Se va a llamar Sam. Si hubiera sido una niña, la habríamos puesto Sally, como yo.

–¿Se llama Sam su padre?

–No, Percy. No podíamos castigar al niño de esa manera –comentó la mujer riendo.

El anestesista se acercó y le frotó a Sally la mano con alcohol. Entonces, le colocó una vía. Toda la medicación se le administraría de aquella manera.

–No te preocupes, Sally. Cuando te despiertes, tendrás a tu hijo en brazos.

David llegó enseguida. Tras saludar a su equipo, se inclinó sobre la paciente y se puso manos a la obra. Muy pronto, nació el pequeño Sam. Todo fue perfectamente.

Después, tuvieron las otras dos cesáreas. Las operaciones eran tan emocionantes que, durante un buen rato, Chris se olvidó de sus problemas.

–Otro trabajo bien hecho –dijo David–. Hacemos un buen equipo. Por cierto, ya he visto que ha regresado Joy. ¿Queréis venir a cenar a casa alguna noche? Mary me ha estado preguntando por vosotros.

A pesar de la promesa que le había hecho a Joy, no pudo contenerse. Además, necesitaba ayuda.

–Joy está embarazada. Y yo soy el padre.

–¿Tú? Pero Chris, ya viste las radiografías, leíste el informe del médico... Es imposible.

–¿Imposible o poco probable?

–Bueno, tu producción de esperma no se vio afectada, pero el conducto estaba completamente dañado. Supongo que siempre queda una posibilidad... ¡Chris, enhorabuena! Eres un hombre muy afortunado.

–Díselo a Joy. A ella no le apetece nada. Se siente atrapada. Dice que ya no me quiere y que no se casará conmigo.

–¿Quieres que hable con ella?

–Dudo que sirva de algo. Además, le prometí guardarlo en secreto.

–En ese caso, tienes un buen problema encima –concluyó David.

Chris pensó que le daría a Joy una semana para que se tranquilizara y que trataría de volver a reiniciar su relación. Se encontró con ella en un par de ocasiones en los pasillos. Ella le dedicó una fría sonrisa. Nada más. Cuando tenía que ir a verla para informarla de su trabajo, siempre estaba acompañada. Nunca podía verla a solas.

Cuando la semana hubo pasado, la llamó por teléfono.

–Tenemos que hablar, Joy.

–No hay nada de qué hablar. Tengo mi vida organizada. Y esa organización no te incluye a ti.

–¡También tienes que tener en cuenta las vidas de otras personas! ¡Si no la mía, al menos sí la del niño!

–El niño estará bien. Tendrá una madre que lo adorará, una abuela...

–Pero yo tengo...

–Si vas a decirme que también tienes derechos, te equivocas. Si insistes tanto en tus derechos, nos veremos en los tribunales para ver qué dice el juez sobre tus derechos.

–Lo siento... Por favor, llámame cuando podamos hablar.

Chris colgó el teléfono. Sabía que las mujeres embarazadas podían estar bastante irascibles por el desequilibrio hormonal, pero Joy no parecía irascible sino tremendamente organizada.

Joy parecía haber desarrollado la mente marcial de la que tanto había hablado. Y aquello no le gustó en absoluto a Chris.

Capítulo 8

PASARON otras dos semanas sin que Joy se pusiera en contacto con Chris. Él la veía a lo lejos, pero ella no parecía necesitarlo en absoluto. Nadie sospechaba lo que le ocurría a Joy, aunque él sabía que, cuando empezara a visitar al médico y las clases de preparación al parto, sería imposible guardar el secreto. No quería imaginarse las especulaciones que habría sobre quién podría ser el padre.

Había llegado el otoño y estaba empezando a refrescar. Un miércoles por la tarde, regresaba a su casa tarde, tras cubrir el turno de otra comadrona. No quería llegar a su casa. Al menos en el trabajo, podía abstraerse o disfrutar con el hecho de poder ver a Joy. Su casa se había convertido en un infierno.

Al llegar, vio que había otro todoterreno, todavía más destartalado que el suyo, aparcado delante de la puerta. Una sonrisa iluminó el rostro de Chris. Salió de su vehículo al tiempo que un hombre salía del otro.

–Hola, papá. No sabes lo que me alegro de verte

–Quería tomarme unas vacaciones y, además, me alegro mucho de verte.

Durante los últimos años, solo había visto a su padre muy de tarde en tarde, dado, que, cuando Chris cumplió dieciocho años, se había marchado al extranjero para ejercer su profesión. Se escribían una vez a la semana.

Chris mostró su casa a su padre, que se llamaba James, y lo invitó a darse un baño para quitarse el polvo del camino.

–Luego, iremos a un restaurante del pueblo para tomarnos una cerveza y comer algo –dijo Chris–. Me apetece tener una pequeña celebración.

Después de cenar, se sentaron juntos y, con sus cervezas en la mano, contemplaron el mar.

–Si te parece bien, me voy a quedar durante un par de semanas, pero si lo prefieres, puedo ir a alojarme en un hotel –le dijo su padre.

–¡No seas tonto! Te quedarás conmigo. Tienes un trabajo, ¿verdad?

–Sí. Está muy cerca de aquí. Están pensando abrir una de las minas de plomo que hay en el páramo y tenerla como museo. Quieren que yo haga una inspección inicial. Me parece un proyecto muy interesante.

–Parece muy divertido. Un hombre siempre debería disfrutar con su trabajo.

–Sé que tu disfrutas con el tuyo. Además, me parece que tu casa es maravillosa, por lo que creo que todo te va bastante bien. Sin embargo, ¿por qué tienes ese gesto tan triste?

–¿Te apetece ser abuelo? –le preguntó a su padre. Nunca había podido ocultarle nada.

–¡Pero si me dijiste que era imposible! –exclamó su padre, encantado–. Me alegro mucho, Chris, pero sospecho que hay problemas.

–Ni que lo digas. Parece que seremos padre y abuelo a distancia. Déjame que vaya por un par de cervezas más antes de contarte toda la historia.

Su padre era un buen oyente y Chris siempre había valorado mucho su consejo. Se lo contó todo, desde la misteriosa atracción que había entre Joy y él hasta el momento en el que ella le había comunicado que estaba esperando un hijo. Por último, le explicó que ella no quería saber nada de él.

Sorprendentemente, James comprendió cómo se sentía Joy.

—Ella confiaba en ti, hijo, y ahora se siente defraudada. Además, parece una joven bastante orgullosa y eso ha debido de dolerle bastante.

—Gracias, papá. Eso era justamente lo que necesitaba.

—Vas a ver cómo las cosas mejoran, hijo —le prometió su padre—. ¿Dónde vive esa muchacha? ¿Qué familia tiene?

—Aparentemente, vive con su madre, que es viuda. Creo que se llama Anna y es profesora de educación infantil. Viven en una casa muy grande, pero nunca me ha invitado a entrar. Es el número 28 de Rathbone Road. He pensado en ir a visitar a Joy, pero luego he llegado a la conclusión de que es mejor no hacerlo.

—¿Cómo se lo ha tomado su madre?

—No lo sé. En realidad, la reacción de la madre de Joy es lo que menos me preocupa.

—Seguro que está encantada, como yo. Bueno, creo que ya hemos bebido suficiente. ¿Y si vamos a dar un paseo por los acantilados?

Al día siguiente tuvo que ir a trabajar, pero Chris disfrutó más de lo que había pensado. Su padre estaría esperándolo en casa. Antes había sido un tremendo solitario, pero había cambiado y buscaba desesperadamente la compañía. Quería compartir su vida con alguien.

Cuando llegó a casa, el todoterreno de su padre ya estaba aparcado a la puerta. Había pasado el día recorriendo la zona, pero, evidentemente, ya había terminado.

Al abrir la puerta, Chris oyó una risa antes de que pudiera gritar para saludar a su padre. Era una risa de mujer.

—¿Papá?

—Pasa, hijo. Estamos tomando una taza de café. Todavía queda algo para ti. Hay alguien aquí a quien quiero que conozcas.

Chris entró en el salón y vio que había una mujer de unos cincuenta años, con una apariencia juvenil y pelo oscuro. En el momento en el que la mujer sonrió, Chris supo quién era.

—Eres la madre de Joy, ¿verdad? —afirmó, muy asombrado.

—Sí. Me llamo Anna Taylor y me alegro de conocerte, Chris. Mi hija me ha hablado tanto de ti, pero tu padre me ha dado aún más detalles.

—¿De verdad? —preguntó Chris, mientras estrechaba la mano de la mujer—. Entonces, ¿debo culparte a ti de esto, papá?

—Tú me dijiste que no habías conseguido nada, así que decidí intervenir. En realidad, estoy actuando desde un punto de vista completamente egoísta. Si voy a tener un nieto, me gustaría verlo.

Chis se sentó al lado de su padre y aceptó la taza de café que este le ofrecía.

—Todo esto me parece completamente irreal —dijo—. Me alegraría mucho si alguien me dijera qué es lo que está pasando.

—Tú me hablaste de Joy y de ti —explicó James, tras sonreír a Anna—. Me di cuenta de que, probablemente, la madre de Joy conocía también la historia. Esto significaba que teníamos algo en común, así que la llamé por teléfono y le pedí que si nos podíamos reunir para charlar un poco. Como Anna no te conocía, la invité a tomar el té.

—¿Sabes que yo he estado saliendo con Joy... y que hemos tenido algunos problemas?

—Dos mujeres en una casa... Llevaba algún tiempo sospechando que estaba embarazada, si es a eso a lo que te refieres. Ella me lo contó enseguida, pero se negó en redondo a decirme nada sobre el padre. Siempre ha sido una niña muy obstinada.

—Lo sé, claro que lo sé... ¿Me vas a ayudar, Anna?

—Lo primero que debes saber es que no haré nada a espaldas de Joy. Le diré dónde he estado y lo que pienso de ti. También le diré que si quiero volver a verte a ti o a tu padre, lo haré.

—Veo que Joy no es la única que tiene carácter –bromeó Chris.

—En eso tienes razón. Hay dos cosas que quiero que me cuentes. Ya me las ha dicho tu padre, pero quiero que también me las digas tú. En primer lugar, si fue un accidente de verdad y, en segundo lugar, si quieres realmente casarte con Joy.

—Yo creía... sabía que no podía tener hijos. No te puedes imaginar qué emoción me causó el hecho de saber que iba a ser padre, aunque sospecho que esta será mi única oportunidad.

—Lo dudo –replicó Anna–. En mi experiencia, el rayo suele caer dos veces en el mismo sitio.

—Pues no parece que vaya a tener esa posibilidad con Joy. Como respuesta a tu segunda pregunta, sí, claro que quiero casarme con ella, pero no creo que a ella le apetezca mucho.

—En estos momentos, no está muy contenta –le aseguró Anna–. ¿Qué quieres que haga yo?

—Que acceda a hablar conmigo. Tenemos que charlar, porque hay algunas cosas que debemos decidir, aunque solo sea que soy responsable de ese niño y voy a hacerme cargo de él, tanto si ella lo quiere como si no.

—No es exactamente la actitud que deberías tener en estos instantes –afirmó Anna–, aunque me alegra que lo hayas dicho. Bueno, hablaré con ella y trataré de ejercer mi influencia como madre. Ahora, creo que es mejor que me marche.

—Yo te llevaré —le dijo James.

Anna se levantó y le dio a Chris un beso en la mejilla.

—Debo decir que, de los pocos hombres que mi hija me ha presentado, eres el que más me gusta.

—Gracias —susurró Chris—. Creo que tú también serías una suegra estupenda.

—Ya hablaremos cuando regrese, Chris —comentó su padre.

—Creo que deberíamos.

—Supongo que tu padre ha estado en contacto con mi madre —dijo una voz, muy seca.

Era el descanso para tomar el café a la mañana siguiente. Chris estaba en la sala de comadronas. Trató de esconderse todo lo que pudo frente al teléfono, ya que no quería que el resto de las matronas supieran de qué estaba hablando.

—Sí. Siento mucho que te haya molestado. No fue idea mía.

—Lo sé. Mi madre se quedó muy impresionada con James y ha amenazado con invitarlo a casa a tomar el té para que pueda conocerme. Hasta tú le caíste bien.

—Y eso a pesar de ser la clase de hombre poco fiable que soy —bromeó—. Lo siento, no quería decir eso.

—Claro que querías. Bueno, mi madre cree que por lo menos debería hablar contigo. Así que lo haré. No estoy segura de para qué, pero lo haré.

—¿Voy a tu casa esta noche?

—No. Nos reuniremos en terreno neutral. ¿Qué te parece en ese bar que hay cerca de tu casa?

—De acuerdo. ¿Quieres que pase a recogerte?

—Tengo mi coche. Estaré allí a las siete y media. Me

reuniré contigo en el aparcamiento. No pienso entrar allí sola.

—Claro que no.

Chris, por supuesto, llegó antes de la hora. Cuando Joy llegó, no desconectó el motor y permaneció en el coche. Entonces, se acercó a ella rápidamente para hacer notar su presencia.

—Hace una noche demasiado bonita para pasarla en un bar. Preferiría dar un paseo por los acantilados contigo. ¿Te apetece que vayamos al mismo lugar de siempre?

—Me parece bien. ¿Vamos en mi coche?

—No. Yo conozco el camino, así que tú sígueme. Podremos aparcar allí los dos.

Cuando llegaron, no había más coches. Cuando Chris salió del suyo, vio que Joy ya estaba en el pequeño banco de madera desde el que se podía contemplar el mar. Un momento más tarde, se reunió con ella.

—Vamos a dar un paseo —dijo él tras unos instantes—. Presiento que no quieres hablar todavía.

—Buena idea. Necesito un poco de aire fresco. Llevo todo el día de reunión en reunión.

Empezaron a andar juntos. Chris no dejaba de contemplar el brillo de su cabello y la figura que tan bien conocía, oculta por el enorme anorak.

Joy llevaba su hijo en sus entrañas. La emoción era mucho más fuerte de lo que podía soportar. ¿Por qué no podía ella admitir lo que Chris sentía, experimentar la misma emoción que él?

Estuvieron paseando durante media hora. Se detuvieron cuando vieron otro banco con una fantástica vista de la bahía. Se sentaron juntos y, en un arrebato, Chris le agarró la mano. Ella ni se resistió ni reaccionó de modo alguno.

–Querías hablar –susurró ella, por fin.

–En primer lugar, me gustaría aclarar un par de puntos. ¿Me crees cuando digo que el hecho de que te quedaras embarazada fue un accidente?

–Sí, supongo que sí.

–En segundo lugar, ¿sabes lo mucho que esto significa para mí?

–Supongo... que sí. Normalmente no me imagino que los hombres tengan muchas ganas de ser padres, pero, en muchos sentidos, tú no eres un hombre corriente.

–Entonces, ¿ves que tengo un problema?

–No más problema que yo –le espetó ella–. Hasta que te conocí, era feliz con mi trabajo, que me gustaba y por el que sentía ambición. Quería tener hijos, pero más tarde, cuando me hubiera casado y hubiera decidido que era el momento adecuado para tenerlos. En vez de eso, mírame. Me has engañado. Ha sido un accidente, pero ¿qué crees que van a pensar el resto de las comadronas?

–Tienes un buen equipo y te aprecian mucho. Seguramente tendrás toda su simpatía.

–¡No quiero su simpatía! ¡Quiero que me respeten! Tal vez hagamos todo los que podemos por las futuras mamás de esta región, pero ¿has escuchado las bromas que hacen a sus espaldas?

–No todas las comadronas son así –susurró él, sintiendo que aquella conversación no iba nada bien–. Todavía puedo sentir la atracción entre nosotros y creo que a ti te pasa lo mismo. Tenemos muchas cosas en común. Sé que eres mi superior y que la gente hace muchas bromas sobre un hombre que se casa con su jefa, pero creo que seríamos muy felices juntos.

–¿Por qué? Efectivamente eres un hombre muy atractivo. Yo incluso me estaba enamorando de ti, pero no estoy segura de que tú quieras casarte conmigo por las razones adecuadas. También me preocupa ser tu jefe, por que los dos sabemos que vas a ascender muy rápidamente.

Chris no supo cómo responder a aquello. Efectivamente, había estado trabajando muy duro, sobre todo en la reorganización de los turnos para evitar despidos y había tenido varias reuniones con el presidente. Los dos hombres se llevaban estupendamente.

Después de un rato, Joy dijo:

—¿Todavía quieres que me case contigo?

—Sí.

—¿Para poder ser un buen padre para mi... para nuestro hijo?

—Me haría muy feliz. Yo... –contestó. Entonces, demasiado tarde, se dio cuenta de que se había equivocado de respuesta–. Es decir, quiero...

—Te casarías conmigo, no con el niño. Y si con esto has querido pedirme que me casara contigo, te has olvidado de algo. Se supone que me tienes que decir que me quieres.

—Joy, pero si sabes que es así. Es solo que...

—Es solo que otras cosas te parecen más importantes. Chris, si me amas, ¿estarías dispuesto a hacer cualquier cosa por mí?

—Bueno, sí, más o menos –musitó. Sabía que su respuesta sonaba muy débil, pero veía la trampa en la que ella le estaba metiendo.

—Pues te diré lo que puedes hacer por mí si me quieres. Márchate. Yo criaré al niño sola. No te necesito. Los dos seremos más felices así.

—¡Sabes que no puedo hacer eso! Debo saber cómo estáis el niño y tú. ¡Necesito saberlo!

—Entonces, ¿tus necesidades y sus sentimientos vienen siempre primero?

¿Cómo podría explicarle que ella lo era todo para él y no solo porque estuviera embarazada de su hijo?

–Quiero lo que sea mejor para ti, para el niño y para mí en último lugar.

–Creo que ya hemos terminado de hablar. ¿Nos marchamos?

Regresaron a los coches en silencio. Joy se montó en el suyo y luego bajó la ventanilla al notar que Chris quería decirle algo.

–¿Podemos volver a hablar otra vez? –preguntó él.

–Supongo que sí, pero no te hagas demasiadas ilusiones. Tú mismo dijiste que la razón del matrimonio es tener hijos. Yo quiero a un hombre que me quiera también a mí, no solo a mi hijo.

En aquel momento, Joy arrancó y se marchó. Chris sintió como si le hubieran hecho pedazos sus sentimientos. Decidió ir a tomar algo con su padre.

Sorprendentemente, Chris se estaba divirtiendo. Estaba paseando por un estrecho túnel detrás de su padre. La luz que llevaba en el casco iluminaba todo lo que había a su alrededor.

–Los primeros mineros bajaban aquí solo con velas en los sombreros –le explicó su padre–. Desde entonces, las cosas han mejorado mucho, pero la minería siempre ha sido una vida muy dura.

–Menos mal que no tengo claustrofobia.

Estaban recorriendo la mina que James tenía que inspeccionar. Al ver que su hijo estaba algo deprimido, le había sugerido que un cambio de paisaje conseguiría animarlo un poco.

–¿Hablas en serio cuando dices que esto se va a convertir en una atracción turística, papá?

–¿Por qué no? Cerca de Malton hay un campo de prisioneros alemanes que se puede visitar. A la gente le gusta ver cómo eran las cosas antes y apreciar lo buena

que es su vida. Esta es una mina segura. Con unas cuantas medidas de seguridad adicionales y unas pocas esca-
leras, estas galerías se llenarán de público.

Chris reprimió una sonrisa. Su padre era un entu-
siasta de las minas. En aquel momento, entraron en una
sala más amplia.

—Mira —añadió James, allí se colocará una escalera
de madera. Ahora hay solo una de cuerda. Es lo que uti-
lizaban los mineros, pero dudo que se les pueda pedir a
los turistas que suban por ahí.

—¿De verdad esperas que la gente baje aquí?

—Estoy seguro de que sí. Venga, vamos a subir. En
esta sala se puede ver la veta. Vamos a alquilarle picos a
la gente para que excave su propio mineral.

—Las cosas que hace la gente —dijo Chris, mientras
subía la escalera con mucho cuidado.

A pesar de que estaba disfrutando mucho con todo lo
que le iba contando su padre sobre el proyecto, en lo
único que parecía pensar era en Joy.

A Chris le gustaba la idea de que todo el personal del
hospital no se estancara siempre en las mismas tareas,
pero lo último que se le había asignado era completamente nuevo para él. Durante dos días, tuvo que acom-
pañar a un equipo que iba dando clases de educación
sexual por los colegios.

—Este es el programa —le dijo Leonard Astley, el director del grupo—. Aquí tenemos unas diapositivas y
esto es en lo que se basa la charla.

—¿La acogen bien los alumnos?

—Hay bastantes comentarios picantes. Supongo que
los niños han cambiado desde que nosotros estábamos
en el colegio

—Lo dudo —replicó—. Voy a añadir mis propios comentarios a esto —dijo, después de hojear el material.

–¡Pero ese es el programa! –protestó Leonard.
–Y sospecho que no sirve de mucho –le espetó Chris.

Dos días después, Joy lo llamó para que fuera a verla. Por una vez, estaban a solas en su despacho desde hacía mucho tiempo.

–Tengo una queja sobre ti –le dijo–. Pensé que este trabajo no te plantearía problema alguno. Sé que eres un buen conferenciante y sé que conoces la materia. Lo único que tenías que hacer era mostrar las diapositivas y explicar los hechos a los niños. Sin embargo, el señor Astley me ha dicho que te apartaste bastante del programa.

–Este tipo de charlas tienen dos objetivos. El primero es hacerle ver a los niños que el sexo debe formar parte de una relación, no ser el fin de la misma. El segundo es hacerles conscientes de que, si van a tener relaciones sexuales, deben tomar precauciones para evitar... accidentes innecesarios.

–Nosotros no somos los más adecuados para darles consejos a nadie, ¿verdad? –comentó Joy, con una ligera sonrisa–. De hecho, estoy de acuerdo contigo, pero el señor Astley cree que te apartaste demasiado del guión. Y lo escribió él.

–Ya se ve. ¿Qué les pareció la charla a los niños?

–Después de lo que me contó el señor Astley, llamé a la directora del colegio y ella cree que estuviste maravilloso. Captaste muy bien su atención, hiciste que los niños atendieran y que hicieran preguntas. Me dijo, literalmente, que eras el mejor y que si podías volver tú siempre.

–Genial. Puedo decirle a unos chicos cómo deben organizar su vida amorosa, pero no sé organizar la mía.

–En ese caso, es mejor que escuches una de tus charlas –bromeó Joy.

–Bueno, ahora que estamos hablando del tema, ¿qué pasa con nosotros?

–No lo sé. Sigo pensando. Mi vida está a punto de ponerse patas arriba y no sé cómo tú podrías contribuir a que fuera más agradable.

En aquel momento, el busca de Chris empezó a sonar.

–Tengo que marcharme. ¿Volveremos a hablar en otra ocasión?

–Tal vez.

Chris se marchó para responder a su llamada. Le había parecido que Joy estaba cediendo un poco, pero todavía no podía asegurarlo.

Al día siguiente por la tarde, la coordinadora de turnos lo llamó, algo sorprendida.

–Acabo de recibir un mensaje de David Garner. Me ha dicho que si se puede prescindir de ti, que vayas a la puerta de Urgencias. Y rápido.

–Llámame por el busca si me necesitáis aquí y volveré enseguida.

Rápidamente salió del edificio de maternidad y fue corriendo al de Urgencias. Allí se encontró con David.

–Me acaban de llamar, Chris –dijo David–. Me han dicho que Joy Taylor se ha visto implicada en un accidente. No te preocupes –añadió, al ver el pánico que se reflejaba en los ojos de Chris–, está bien, pero podría haber sido mucho peor.

–¿Qué ha ocurrido?

–Se derrumbó un andamio en una calle y la atrapó debajo. Aparentemente, Joy vio que se estaba moviendo y trató de hacer que un grupo de niños avanzaran más rápido.

Chris se quedó pálido por la conmoción. El dolor era diferente al que había sentido en otras ocasiones. Nunca se habría imaginado lo mucho que podría dolerle aquella noticia.

–¡Dime que no está grave!

–Eso cree el médico de Urgencias. Afortunadamente, los tubos no le golpearon la cara, pero tiene laceraciones en el cuero cabelludo, aunque no hay daños en el cráneo. Solo se ha roto un brazo, pero tiene magulladuras por todas partes.

–Hay más, ¿verdad? –dijo Chris, tras estudiar el rostro de su amigo.

–Me temo que sí. Por eso me han ido a buscar. Hay una hemorragia vaginal, Chris. Sabes lo que eso significa. Podría ser un aborto espontáneo.

–¿Podría perder al niño?

–Es muy posible. Sin embargo, no estamos seguros todavía.

–¡Tienes que hacer algo!

–¡Chris, estamos haciendo todo lo que podemos! En este momento, lo único que se puede hacer es esperar. Lo sabes tan bien como yo.

–Claro. Debe descansar. ¿Puedo verla?

–No estoy seguro de que sea una buena idea. Me dijiste que vuestra relación no iba bien. No quiero que se disguste más, pero te prometo que le preguntaré si quiere verte. Por cierto, su madre viene de camino. Por último, Chris, ya sabes cómo son los hospitales. Se va a saber que Joy está embarazada. Habrá rumores, preguntas... Tendrá que enfrentarse a todo eso y tiene que ser ella quien elija cómo hacerlo. ¡No tú! Ahora, vuelve a la unidad, cuéntales lo que ha ocurrido y que los mantendré informados de su evolución.

–Está bien –dijo Chris, aceptando todo lo que le había dicho su amigo–. Gracias por llamarme.

Regresó a la unidad y le dijo a la coordinadora lo que había ocurrido. Esta se quedó muy preocupada y enseguida agarró el teléfono para llamar a una enfermera de urgencias que era amiga suya. Ya no había posibilidad de secreto alguno.

Chris decidió seguir con su trabajo mientras esperaba noticias. Le costó mucho concentrarse, pero tenía que cumplir con su obligación.

Cuando terminó en la sala de partos, regresó a la sala de comadronas. Allí se encontró con David. Tuvo que armarse de valor para hablar con su amigo.

–Joy está perfectamente, Chris. Y recalco lo de perfectamente...

Chris entendió el mensaje. Aquello significaba que el niño estaba bien.

–Chris, tengo un par de minutos –añadió su amigo–. Me gustaría hablar contigo en mi despacho.

Rápidamente, los dos abandonaron la sala y entraron en el despacho.

–En primer lugar –dijo David–, Joy Taylor es ahora mi paciente. Sabes también como yo que no puedo hablar de ella sin su permiso, pero, como te he dicho antes, tiene muchos golpes, laceraciones en la cabeza y una fractura doble del húmero. Tendrán que hospitalizarla y va a tener que estar unas cuantas semanas de baja, pero no hay nada grave. Le he hecho una ecografía y el corazón del feto palpita normalmente. Eso significa que hay muchas posibilidades de que el niño salga adelante y de que todo vaya bien.

–Gracias a Dios. ¿Puedo ir a verla?

–Conozco a Joy muy bien. Yo diría que es mi amiga. Hemos estado hablando en privado y me ha pedido que te traiga un mensaje. No quiere verte todavía. Cuando lo desee, te lo hará saber. Sabe que todo el mundo se enterará de que está embarazada y que habrá rumores. Me ha pedido que te diga, que, si alguien te pregunta, digas que no sabes nada de ese niño.

–¡No haré eso! Ese niño es mío y...

En aquel momento, oyó que David abría un armario

y que sacaba una botella y dos copas. Sirvió un poco de licor en ambas y le entregó una a Chris.

–Yo nunca bebo cuando estoy trabajando –le dijo David–, pero, por esta vez, voy a romper la regla.

Chris tomó un sorbo del whisky. Los dos hombres bebieron en silencio. Chris deseó que el corazón se le tranquilizara un poco y que pudiera volver a pensar con claridad.

–Ha dicho antes que no quiere hablar conmigo, pero creía que se estaba ablandando un poco.

–Cuando esté plenamente recuperada, ¿quién sabe? Tal vez este periodo de descanso le haga razonar, aunque te advierto que sabe muy bien lo que está diciendo porque está plenamente consciente. Por el bien de su salud y el bienestar de su hijo, creo que deberías hacer lo que ella te ha pedido.

–Claro, pero me...

–Por supuesto. Te mantendré informado –dijo David–. Pero no le digas nada a nadie.

Capítulo 9

IMAGÍNATE a nuestra Joy teniendo un bebé –decía una comadrona al día siguiente por la tarde–. ¿Quién lo habría pensado? ¿Se sabe quién puede ser el padre?

–Alguien mencionó a un hombre que conoció en ese curso que fue a realizar a Londres –contestó otra–. Chris, ¿sabes tú quién puede ser el padre?

Chris se sintió completamente atrapado. Todos estaban en la sala de comadronas. Como se había imaginado, la historia se había empezado a propagar con increíble rapidez.

–Bueno, yo no soy –mintió él, aceptando así el desafío de la comadrona y los deseos de Joy–. No creo que le gusten mucho los hombres que se dedican a esta profesión.

–Ha estado en contra desde el que hubo antes de ti –comentó la comadrona que había hablado en primer lugar–, pero tú eres mucho mejor que el otro. Toma, firma aquí y dame dos libras. Vamos a enviarle unas flores y unos bombones.

La mujer le extendió una tarjeta en la que estaban firmando todos los de la unidad. Él decidió ser muy tradicional en su dedicatoria. Escribió:

Te echamos de menos. Vuelve pronto. Con cariño, Chris.

Nadie hubiera podido encontrar nada fuera de lo normal en aquellas frases, aunque esperaba que Joy comprendiera por qué era tan convencional.

–Muy bien –afirmó la otra comadrona, tras leer lo

que había escrito–. Tal vez cambie de opinión sobre los parteros a partir de ahora.

–Lo dudo –replicó Chris.

En aquel momento, llegó la coordinadora de turnos con una nota en la mano.

–Chris, ¿puedes ir a ver al presidente? Está en la sala de juntas y quiere hablar contigo.

–Vaya, vaya –observó la primera comadrona–. ¿Quién tiene amigos de mucha influencia?

–Será por esas propuestas que le envié –dijo Chris, con cautela.

El presidente lo estaba esperando. Allí estaba también, para sorpresa de Chris, David Garner y Mavis Shaw, que era la jefe de recursos humanos.

–Señor McAlpine –dijo el presidente, con voz muy profesional–. Me parece que usted ha causado una gran impresión durante el tiempo que lleva aquí. Sabe que me gustan especialmente las ideas que me ha enviado sobre la reestructuración de la empresa y hablaremos sobre ellas. Supongo que lo eligieron representante de las comadronas unánimemente.

–Solo porque ninguna de ellas quería el trabajo.

–Lo dudo. El doctor Garner me ha dicho que tiene experiencia en liderazgo, aunque en un campo muy diferente. ¿Le parecen interesantes los problemas que surgen en la administración?

–Sí, pero vine aquí para ejercer como partero.

–Sabe que la señorita Taylor sufrió un accidente ayer, y ahora que hemos descubierto que está embarazada, no la veo capacitada para dedicarle a este trabajo toda la atención que merece durante algunos meses. Sin embargo, ella me ha asegurado que se incorporará de nuevo a su puesto, de lo que me alegro profundamente. Lo que quiero proponerle es si quiere hacerse cargo de las responsabilidades de la señorita Taylor hasta que ella pueda regresar a su puesto.

–¡No puedo hacer eso! Hay muchas otras personas

en el departamento que tienen mucha más experiencia que yo. Tal vez dentro de unos cuantos años....

—No sabe las condiciones —comentó el presidente—. Primero, el sueldo no será más alto. En segundo lugar, tendrá que hacer gran parte de su trabajo, además de las obligaciones extra. Creo que efectuará muy bien este trabajo, pero a mí no se me hubiera ocurrido pedírselo. Ha sido el doctor Garner el que me ha sugerido que usted aceptaría el puesto.

—¿Qué piensa la señorita Taylor? —quiso saber Chris.

—No es ella la que tiene que decidir —replicó el presidente—, pero sospecho que estaría encantada de saber que la unidad está en buenas manos.

—¿Puedo darle mi respuesta mañana? Tal vez yo tenga algunas condiciones que pedir también.

—Venga a verme en cuanto lo haya decidido —respondió el presidente.

Cuando Chris llegó a su casa aquella noche, se enteró que su padre estaba a punto de ir a recoger a Anna al hospital. Rápidamente, le contó lo que le habían propuesto.

—Siempre se te ha dado bien dirigir a la gente, hijo. Si el hospital te necesita, entonces, tienes que aceptar ese trabajo —dijo James.

—Bueno, ya hablaremos más detenidamente más tarde —replicó, aunque sabía que su padre tenía razón.

Entonces lo miró con ojos críticos. Llevaba puesta una camisa blanca, un traje oscuro y una flor en la solapa que hacía juego con la corbata que llevaba. Parecía diez años más joven—. Papá, ves a Anna con mucha frecuencia, ¿verdad? —añadió, con una sonrisa en los labios—. ¿Estás cuidando de mis intereses o de los tuyos propios?

—Me gustaría pensar que son los mismos. En estos momentos, Anna está muy preocupada por su hija. Espero poder ayudarla.

—Todo el mundo sabe que Joy está embarazada, pero ella no quiere que se sepa que yo soy el padre.

—Tú me dijiste una vez que lo mejor que se podía hacer en ciertas situaciones era nada. También es lo más difícil. Y esta es una de esas ocasiones.

—Me gustaría sustituir a la señorita Taylor —le dijo Chris al presidente al día siguiente—. Estoy dispuesto a realizar horas extra, porque no tengo nada que ocupe demasiado mi tiempo. Empezaré organizando una reunión de personal para contales lo que me propongo hacer. Si hay oposición, en ese caso renunciaré inmediatamente, pero si sigo en el puesto, lo haré todo lo mejor posible.

—Creo que lo hará muy bien. Joy Taylor estaría encantada con usted.

—Estoy seguro de ello.

Había hecho su trabajo. No podía hacer nada por Joy, así que trabajaría de sol a sol. Lo primero que haría sería reunir a todas las comadronas. Sabía que si obtenía su aprobación, todo iría bien durante unas semanas.

—Yo preferiría que Joy fuera la que estuviera haciendo este trabajo —les aseguró a las mujeres—, pero he aceptado y quiero hacerlo bien. Hay tres cosas que quiero decir. En primer lugar, no me van a pagar más dinero por esto. En segundo, espero seguir con mi labor normal como hasta ahora en lo que me sea posible y tercero, si alguien quiere venir a hablar conmigo por alguna razón, espero que lo haga. Lo que se me diga será con total confianza. Si hay quejas, y estoy seguro de que las habrá, quiero saberlas. Ahora, en cuanto a la reestructuración...

Dos días después, Alice McKee fue a hablar con él.

—Chris, ¿dijiste en serio eso de «con total confianza»?

–Claro.

–Entonces, me gustaría hablarte de Di Owen. No creo que sea una mala comadrona cuando está aquí, pero falta mucho. Llama continuamente para decir que está enferma, y siempre en el último minuto. Ya sabes que su marido es médico aquí, así que cree que tiene ciertos derechos. ¿Enferma? Ahora, por ejemplo, está visitando a su hermana pequeña en Leeds.

–¿Cómo? ¿Lo puedes demostrar?

–No, pero sé que es cierto. Durante un tiempo, Di fue muy amiga de una amiga mía que ya no está aquí. Di le dijo a mi amiga cosas que luego ella me contó. Por supuesto, no se le puede acusar sin pruebas, pero... No dirás nada, ¿verdad, Chris? No me impliques.

–No, no te implicaré.

Alice se relajó un poco.

–¿Has tenido noticias de Joy? Había pensado volver a llamarla.

–Me alegra oír eso. Siempre se portó muy bien conmigo como jefa.

–Seguimos sin saber de quién es el niño –insistió Alice–, y a todas nos encantaría saberlo. Mientras no sea de Henry Trust.

–Creo que no se le hubiera pasado eso por la cabeza a Joy –replicó Chris, reprimiendo un temblor.

–Bueno, Joy me dijo que estaría de baja durante bastante tiempo. Aparte de su baja por enfermedad, va a añadir unos días de sus vacaciones.

–Parece una buena idea –dijo él, disimulando, aunque lo aterraba la idea de no ver a Joy en mucho tiempo.

Chris se marchó a su despacho y abrió un armario para sacar el expediente de Di Owen, lo leyó y se quedó perplejo. Había estado seis veces más tiempo de baja que cualquier otra comadrona.

Aquella noche, le preguntó a su padre que si le podía pedir a Anna que lo llamara por teléfono.

–Necesito consultar una cosa sobre el trabajo, papá, pero no quiero disgustar a Joy.

A la mañana siguiente, cuando estaba en el despacho de Joy, que era el suyo, recibió una llamada telefónica de Anna.

–Chris, si ese andamio le hubiera golpeado de lleno en la cabeza, estaría muerta –musitó la mujer, todavía muy afectada–. ¿Y qué habría hecho yo entonces? Ni siquiera quiero pensarlo.

–No la mató, Anna, tienes que ser positiva. Tu hija ha tenido un terrible accidente, pero está viva y se está recuperando.

–Tienes razón, Chris. Sé que tienes razón. Bueno, James me dijo que querías hablar conmigo.

–En realidad, necesito hablar con Joy, no sobre... sobre nosotros, sino sobre el trabajo. ¿Sabes que la estoy sustituyendo?

–Lo sabemos. Cuando Joy se enteró, me dijo que harías muy bien tu trabajo.

–Gracias, bueno, solo dile, aunque sin presionarla, que hay un par de cosas que me gustaría consultar con ella. Solo de trabajo.

–Solo de trabajo. Bien. Estoy segura de que te llamará, Chris, pero tardará todavía unos días. Todavía está muy... aturdida.

–Lo sé. He visto lo que los accidentes pueden hacerle a las personas.

Era bien entrada la tarde, una semana después de hablar con Anna, cuando el teléfono sonó en el despacho de Chris. Seguía allí porque había unas cuantas cifras que quería comprobar. Sin pensar en quién podría ser, contestó la llamada.

–McAlpine al aparato.

–Hola, Chris, soy Joy.

Al oír aquella voz, sintió que la cabeza empezaba a darle vueltas.

–Joy, ¿cómo estás? –le preguntó, cuando pudo hablar por fin.

–Mucho mejor, gracias, pero no quiero hablar sobre mí... ni sobre ti. Se trata del trabajo. Es la llamada que le pediste a mi madre.

–De acuerdo, pero dime, si no te puedo preguntar por ti, ¿cómo está el niño?

–Sí –respondió ella, tras una pausa–, el niño va bien. David ha venido a verme en algunas ocasiones. Me ha examinado mi médico de cabecera y una comadrona y he empezado a cuidarme. Bueno –añadió ella, para evita seguir hablando del terreno personal–, Mavis Shaw me ha llamado y me ha dicho que te has ocupado ya del caso de Di Owen. Es la mejor noticia que he tenido desde hacía meses.

–Hablé con ella y los dos llegamos a la conclusión de que sería mucho mejor si dimitía. Podrá trabajar de vez en cuando en vez de tener un horario de jornada completa.

–Dime exactamente lo que le dijiste.

–Di volvió a llamar para decir que estaba enferma hace una semana y nos dijo que su marido la estaba tratando y que estaba en la cama. Volvió cuatro días después y entonces, la llamé para hablar con ella. Le dije que no estaba contento con su trabajo y le pedí que confirmara por escrito que había estado enferma. Me escribió una nota enseguida. Cuando la tuve en mi poder, firmada, le dije que me habían dicho que había estando en Leeds visitando a su hermana.

–Entiendo.

–Al principio, trató de negarlo y luego se echó a llorar. Le dije que no quería despedirla, pero que podríamos encontrar una solución a su problema. Resulta que su hermana esta inválida y, es disminuida psíquica. De vez en cuanto la llama y le dice que se va a suicidar y le pide que vaya a verla enseguida. Por eso, Di faltaba tanto a su trabajo.

—No lo sabía.

—A mí me costó sacárselo. Ahora que lo ha confesado, se siente mucho mejor. Le he prometido que podrá venir a hacer sustituciones y que, si su hermana tiene problemas al mismo tiempo, no pasará nada si los rechaza. También le he prometido hablar con el hospital de Leeds para ver si puedo conseguirle más ayuda para su hermana.

—Estás hecho todo un asistente social, ¿verdad?

—Joy, por lo que he hecho, tenemos un departamento más unido y a los pacientes mejor atendidos. Eso es lo que me importa. Además, Di Owen está contenta y su hermana seguramente también.

—Siento haberte dicho eso.

—No, soy el que debería sentirlo, Joy. Tú fuiste una jefe impecable para mí e hiciste muy bien tu trabajo. Ahora, ¿tenemos alguna otra cosa aparte de trabajo sobre la que hablar?

Después de la llamada, Chris no pudo seguir trabajando. Era muy tarde, así que se fue a casa. Su padre le había preparado la cena y charlaron animadamente mientras comían.

—Me han ofrecido un trabajo fijo en la mina, Chris. Me interesa mucho y creo que voy a aceptarlo. Ya no me apetece seguir vagando por ahí y me gusta este sitio. En un par de días, empezaré a buscarme una casa o un piso.

—Preferiría que te quedaras conmigo —dijo Chris—. Me gusta tener compañía, pero, ¿estás seguro de que esas son las únicas razones de que quieras quedarte?

—No, hijo. Me quedo por Anna. Los dos tenemos algo de miedo, pero creo que tenemos una relación por la que merece la pena luchar.

–Me alegro mucho, papá. Aprecio mucho a Anna. Y creo que tú te podrías convertir antes en abuelo que yo en marido.

–No. No habrá nada más entre Anna y yo hasta que no se solucionen los problemas de su hija. Por cierto, Anna también te aprecia, pero tiene que ocuparse de Joy.

Dos semanas después, llegó el invierno. Cuando Chris salía del hospital el viento soplaba fuertemente y llovía a cántaros. El tiempo encajaba perfectamente con su estado de ánimo.

Se sentía cansado y algo deprimido. Quería que su relación con Joy prosperara, pero no parecía ser así.

Cuando llegó a su casa, tenía la cena preparada. Además, encontró una nota de su padre en la que le decía que había salido con Anna y que regresaría tarde. Chris sonrió con algo de melancolía. No había visto a su padre tan feliz en años. Ojalá tuviera esa misma felicidad él mismo.

Estuvo escuchando la lluvia sobre los cristales durante un buen rato. Ya no tenía miedo de ir a dormir. Desde la última vez con Joy, no se había vuelto a ver atormentado por las pesadillas. Estar con ella, o tal vez, explicársela, lo había curado. Le debía tantas cosas... aunque a ella no le interesaba.

Había tenido un día muy duro. Cerró los ojos y se quedó dormido enseguida.

A las once, el teléfono que tenía al lado de la mesilla de noche empezó sonar.

–McAlpine.

–Chris... soy Joy.

–Joy... ¿te encuentras bien? –preguntó, muy sorprendido–. ¿Te encuentras bien? ¿Y el niño?

–Los dos estamos bien. Si no, habría llamado al hospital. ¿Sabes que tu padre ha salido con mi madre?

–Sí, me dejó una nota.

–No han regresado todavía.

–Espera un momento –dijo Chris. Aquello le extrañó. Rápidamente, fue a mirar a la cama de su padre y la encontró vacía–. Bueno –añadió, al regresar–, supongo que los dos tienen edad como para saber lo que hacen. No te preocupes.

–No pienso preocuparme por la vida sexual de mi madre. Ya tengo suficientes problemas con la mía, pero es que mi madre no me ha llamado, como hace siempre cuando va a retrasarse. He probado a llamarla al móvil y también he marcado el número de James. No hay respuesta en ninguno de los dos. Por alguna razón, ninguno de los dos contesta. He llamado a la policía y a los hospitales, pero sin resultado... Estoy muy preocupada, Chris.

–Voy enseguida a tu casa. Estaré allí dentro de quince minutos. ¡No te preocupes!

–Sabía que dirías eso.

Chris se vistió rápidamente. No había visto a Joy desde hacía tiempo, y calculó que debía estar en el segundo trimestre de su embarazo. Mientras iba en su coche, se imaginó lo que estaría ocurriéndole en el cuerpo, algo que había visto tantas veces, pero que era tan diferente cuando se trataba del propio hijo y de la persona amada.

Ella debía de estar esperando su llegada, porque le abrió enseguida la puerta. Estaba vestida para salir. Sin poder evitarlo, Chris la miró el vientre, donde sabía que estaba su hijo. Como muchas otras mujeres embarazadas, estaba aún más hermosa que antes.

–Tienes muy buen aspecto. De hecho estás guapísima... Te he echado mucho de menos, Joy –susurró, con un nudo en la garganta–. ¿Me has echado tú de menos a mí?

–Bueno... ¿Dónde crees que pueden estar mi madre y tu padre?

–Vamos a mi coche. El hecho de que ninguno de los dos teléfonos funcione es buena señal.

–¿Dónde vamos?

–A los páramos.

Tres cuartos de hora más tarde, llegaron al desvío que llevaba a aquella zona. Seguía lloviendo y en la distancia se oía rugir el mar.

–¿Dónde estamos ahora? –quiso saber Joy.

–Esta es la vieja mina en la que trabaja mi padre. Solo se me ocurre una razón para que los dos móviles no funcionen. Porque sus dueños están bajo tierra.

–¡Podrían estar heridos! Deberíamos llamar a la policía...

–No te preocupes. Mi padre no haría nada que pusiera en peligro a Anna y yo... ¡Ah! Me lo había imaginado.

Al entrar en el aparcamiento de la mina, vieron el coche de James. Además, la puerta de la mina estaba abierta. Chris encendió la luz y llevó a Joy donde se guardaban los cascos y las linternas.

–La verdad es que tú deberías esperar en el coche. No estoy seguro de que...

–Chris, voy a ir contigo. Mi madre está ahí dentro. No me trates como si estuviera hecha de porcelana, así que muéstrame el camino y vamos.

Chris recordó la ruta sin dificultad. De hecho, no había posibilidad de equivocarse. Siguieron la galería principal. A él le habría gustado agarrarla de la mano, pero no se atrevió a hacerlo. Se limitó a ir mostrándole el camino. Después de andar unos cuantos metros, empezaron a distinguir otras luces más adelante de ellos, aunque más altas.

–¡Papa! ¿Va todo bien?

–No hay problema, hijo. ¿Por qué habéis tardado tanto en venir?

–¡Mamá! ¿Te encuentras bien? Estaba preocupada, porque no sabía lo que te había ocurrido y yo...

La voz se le quebró. En aquel momento, Chris se dio cuenta de lo afectada que estaba.

–¡Estoy bien, Joy! –exclamó la madre–. Solo ha sido un pequeño contratiempo. Fue culpa mía. Le di una patada a la escalera y la tiré. Sin querer. Siento haberos causado tantos problemas.

–Chris –le dijo su padre–, la escalera se cayó después de que nos subiéramos aquí y no podemos bajar. Si pudieras volver a apoyarla contra la pared, podríamos hacerlo sin problemas.

Chris se agachó y recogió la escalera.

–Tú no debes levantar peso –le advirtió a Joy, cuando ella intentó ayudarlo–. Ahora, apóyate contra la pared mientras yo la coloco para que puedan bajar. Yo ayudaré a tu madre a hacerlo.

Joy hizo lo que Chris le pidió. Cuando la escalera estuvo colocada, Anna empezó a bajar y tras ella James.

–¡Mamá! –exclamó Joy, con los ojos llenos de lágrimas, al tiempo que se arrojaba a sus brazos–. ¿Sabes lo que me has hecho pasar? Pensé que estabais muertos.

–Venga, hija, tranquila. No me ha ocurrido nada. Estoy bien.

–Me preguntaba lo que haría yo sin ti –susurró Joy.

–Bueno, ya no tienes que preocuparte por nada. Venga, vamos. En realidad, ha sido bastante interesante estar ahí arriba sentada hablado con James, aunque creo que ahora deberíamos salir de aquí.

–Yo guiaré el camino –dijo James–. Chris, tú ve el último. Vamos, señoras, muy pronto estaremos en casa, disfrutando de una bebida caliente.

Volvieron en los coches tal y como habían ido a la mina. Anna con James y Joy con Chris.

–Ha sido una noche muy movida para ti –le aconsejó–. Procura descansar.

—Ya dormiré más tarde. Ahora estoy demasiado nerviosa. Tú no estabas tan preocupado como yo, ¿verdad,
Chris?

—Me imaginé lo que había ocurrido.

—Yo estaba muy preocupada, por mi madre, por supuesto, pero no dejaba de pensar en lo que haría si me que-
dara sola en el mundo. Sin madre y con un hijo que criar.

—Si te casaras conmigo, no estarías sola. Ojalá lo hi-
cieras.

—Bueno, no es la más apasionada de las declaraciones
que he oído, pero tienes razón en lo que dices... Supongo.

—Puedo ser muy apasionado, tú ya lo sabes, igual
que tú también. Joy... me equivoqué cuando te dije que
tener hijos es la finalidad de todo matrimonio. Eres tú lo
que quiero... pero no puedo dejar de pensar en esa vida
que crece en tu interior.

—Para en el arcén —le pidió ella, de repente. Entonces, se desabrochó el anorak. Cuando se hubieron detenido, tomó la mano de Chris y se la colocó sobre el
vientre—. Toca...

Aquello era algo que había hecho muchas veces con
las futuras mamás, pero al sentir la calidez de la piel de
Joy, el aroma de su cabello... Todo era tan igual y, a la
vez tan diferente... Entonces, casi imperceptiblemente,
sintió una patada.

—Es tu hijo —susurró él.

—Bueno, supongo que él o ella tiene también padre.

—Joy, yo...

Ella se inclinó sobre él y le dio un beso en la mejilla.

—Estoy cansada. Ya he tenido bastantes emociones
por un día, pero escucharé lo que tengas que decir muy
pronto. Te llamaré. Te lo prometo.

Dos días más tarde, Chris estaba en su despacho. Por
fin, había cuadrado su sistema y lo había confirmado

con el presidente. Los dos estaban muy satisfechos con el resultado. Algunas personas tendrían que hacer pequeño sacrificios y perder tal vez algunos privilegios, pero no se tendría que despedir a nadie. Y nadie perdería dinero. Entonces, alguien llamó a su puerta.

–Entra. Enseguida acabo con este informe... –dijo, sin levantar la cabeza.

–Hola Chris.

–¡Joy! –exclamó él, al escuchar su voz.

Entonces, se acercó rápidamente a ella y la tomó entre sus brazos.

–Voy a preparar café –replicó ella, mientras se acercaba rápidamente a la cafetera que había en un rincón–. ¿Quieres sacar la nariz de esos papeles y leer lo que pone en la página cincuenta y siete de esta revista? –añadió, tirando un ejemplar de una revista médica encima de la mesa

–No puedes entrar aquí y pedirme que me ponga a leer una revista. Puedes preparar café si quieres, pero ahora estoy muy ocupado como para ponerme a leer.

–Página cincuenta y siete –insistió ella–. Léelo por encima si quieres. Es algo que he descubierto por casualidad.

Chris abrió la revista y examinó el artículo. Al ver sobre qué trataba, hasta se olvidó del café que Joy le había dejado encima de la mesa.

–Muy interesante.

–Conozco tu caso perfectamente, así que, después de leer esa revista, llamé por teléfono al cirujano que lo ha escrito y le hice unas cuantas preguntas. Cree muy posible que, especialmente porque ya has engendrado un hijo, se pueda modificar tu condición. Hace más de cinco años de tu herida y ha habido grandes avances en la microcirugía desde entonces.

–Entonces, ¿podría ser padre por segunda vez?

–Por segunda, por tercera, por cuarta... Todo es posible. Le dije a ese cirujano que probablemente lo llamarías.

—¡Lo haré, claro que lo haré! Joy, hace unas pocas semanas, esta habría sido la mejor noticia del mundo. Ahora, es simplemente estupenda.

—Sí. Ya vas a tener un hijo... —respondió ella, con una frialdad que hizo que Chris se echara a temblar.

—Sabes lo mucho que significa para mí. Seguramente jamás habría visto este artículo, ¿Por qué me lo has enseñado? ¿Por qué has llamado a ese cirujano?

—Ahora ya sabes que podrás tener más hijos. No me necesitas. No hay necesidad de contraer matrimonio por conveniencia solo para que puedas tener un hijo.

—¡Joy! ¡Eso es injusto! Sabes que te amo desde mucho antes de que estuvieras embarazada.

—Sí, bueno, eso creía. Pero cada vez que estamos a punto de hablar del futuro, tú te echas hacia atrás. La primera vez... cuando mi hijo ya había sido concebido... me dijiste que no te casarías conmigo.

—Dije que no podía casarme contigo, Joy. No te ofrecí el matrimonio porque creía que tú te merecías la oportunidad de tener tus propios hijos. No podía quitarte este derecho, por mucho que te amara.

—Tal vez, pero sí estuviste muy dispuesto a casarte conmigo enseguida cuando descubriste que estaba embarazada. Si me lo hubieras pedido una sola ver antes de quedarme embarazada... pero no lo hiciste, Chris. Ahora que sabemos que no soy la única mujer que te puede hacer padre, ¿puedes decir sinceramente que te querrías casarte conmigo si yo no estuviera embarazada?

—¡Sí! Estoy enamorado de ti. Lo he estado desde el primer momento en que te vi. Quiero casarme contigo, mañana mismo, si podemos preparar todos los papeles a tiempo.

—Eso es imposible. Ahora, respóndeme otra cuestión.

¿Hace que tengas más ganas de casarte conmigo el hecho de que esté embarazada?

Aquella pregunta era algo complicada de responder. Podría haberle mentido, pero no estaba en su naturaleza hacerlo.

–Nunca hubiera podido pensar en nada que me hiciera desear aún más convertirme en tu esposo, pero el que fueras a tener un hijo hizo que lo anhelara incluso más fervientemente.

–Me alegro de que seas sincero conmigo. Chris, no sé lo que va a ser de nosotros. Has puesto mi vida patas arriba. Creo que todavía necesito tiempo para saber lo que realmente deseo y ver sin puedo confiar en ti.

–Efectivamente, has vuelto al hospital y estamos hablando normalmente. Sigamos así. No hay necesidad de tomar decisiones precipitadas.

–De acuerdo, pero ahora que he regresado al trabajo al menos puedes darme la bienvenida con un abrazo.

Al tomarla entre sus brazos, Chris notó cómo se le había ensanchado la figura. De nuevo, no pudo evitar mirarle el vientre.

–Se supone que tienes que abrazarme, no decir qué tal está mi bebé.

–¿Y no puedo hacer las dos cosas?

–Evidentemente, pero he venido aquí para trabajar. Mi médico cree que me sentaría bien trabajar unas cuantas semanas antes de empezar con la baja por maternidad.

–¿Tu médico te ha dicho eso?

–Bueno, no mi médico, sino nuestro buen amigo David Garner. Por supuesto no se me ocurriría pensar que él lo ha dicho solo para que estemos juntos otra vez. Estoy segura de que su decisión estuvo basada exclusivamente en criterios médicos.

–Por supuesto, pero creo que, a pesar de todo, le regalaré una buena botella de whisky.

–Bien. Bueno, ahora basta ya de hablar. He ido a ver a la coordinadora de turnos y me ha dicho que están muy ocupados. ¿Quieres seguir tú aquí y yo ayudar en la sala de partos?

–No, seré yo el que vuelva a traer niños a este mundo. Por cierto, ese montón de papeles ha entrado esta mañana. ¿Quieres ocuparte de ellos?

–Creo que vuelvo a sentirme enferma. Me había olvidado del papeleo que hay que hacer todos los días. Venga, vete. Yo me pondré a trabajar con ellos.

–Te amo –susurró él, ante de marcharse.

–Querrás decir que nos amas a los dos –le corrigió ella, aunque aquella vez con una sonrisa en los labios.

Había mucho trabajo que hacer en las salas de partos, tanto que nadie tuvo oportunidad de preguntar nada sobre el regreso de Joy.

–Della Drake –le dijo la coordinadora–, acaba de ingresar en la sala de partos número tres. Ha venido ella sola en un taxi. Ahora hay una comadrona en prácticas con ella, pero sería mejor que te ocuparas tú.

–Allá voy –dijo, mientras iba leyendo las notas que había sobre su paciente. La mujer tenía treinta y siete años y era uno de los muchos partos de mujeres maduras que tenían que asistir aquellos días–. Hola, señora Drake, ¿le importa si la llamo Della? Yo soy Chris McAlpine. La voy a ayudar en su parto. ¿Está casada? –añadió, al notar que la mujer llevaba una alianza–. ¿Sabe su marido que está aquí?

–Le he dejado un mensaje. Ha salido. Está buscando trabajo, Chris. Ken es... un hombre un poco nervioso.

Con el tono de voz que utilizó Della, Chris comprendió que habría que tener cuidado con Ken cuando por fin apareciera por la maternidad.

Un par de horas más tarde, se oyó un griterío fuera. De repente, la puerta de la sala se abrió de par en par. El hombre que había en el umbral era un tipo alto y fuerte, aunque algo obeso.

–¡Ken! –exclamó ella, al ver a su marido.

–¿Quién es usted? –le preguntó el hombre a Chris, en un tono muy beligerante.

Chris estaba sentado, rellenando sus informes. Decidió permanecer así, ya que resultaba menos amenazador.

–Me llamo Chris McAlpine y estoy a cargo del parto de tu esposa. Eres Ken, ¿verdad? Bueno, pues te alegrará saber que tu esposa y tu hijo están estupendamente. Si quieres acercarte y....

–¡No quiero que un hombre sea el que atienda a mi mujer!

–¡Ken! Chris ha sido muy atento...

–¡Ah! Chris, ¿eh?

–¡Señor Drake! –exclamó Chris, pasando a un tratamiento más formal–. Lo último que necesita su esposa en estos instantes es este alboroto y este comportamiento. Ahora, si no le importa...

–¡He dicho que no quiero que sea usted el que atienda a mi mujer!

En aquel momento, Chris se puso de pie. Cuando se acercó al hombre, pudo notar que el aliento le apestaba a alcohol. El hombre estaba muy nervioso. Tal vez debería llamar a seguridad...

Sin embargo, en aquel momento, procedente de la cama, se oyó un gemido. Rápidamente, Chris se acercó a ella.

–Creo que... está ocurriendo algo. He sentido que algo se movía...

–Aspire un poco de gas y aire de esta mascarilla. Eso hará que se sienta mejor y...

–¡No se atreva a darme la espalda!

Chris no prestó atención alguna al marido de la parturienta. Le colocó la mascarilla a la mujer y esperó hasta que ella había aspirado un par de veces y se quedaba más tranquila. Entonces, se volvió de nuevo al marido. Ken había agarrado una silla y la blandía con gesto amenazante.

–Ken, tu esposa va a tener su primer hijo –le dijo, con voz tranquila–. Está muy nerviosa, igual que tú. Los dos necesitáis estar tranquilos. ¿Sabes una cosa? Ella estaba muy preocupada por ti? Eso me ha impresionado mucho, teniendo en cuenta los dolores que ella tiene. Creo que es una mujer muy fuerte y tú un hombre de suerte.

–¿Está bien mi Della?

–Más que bien. Acércate a la cama y dale la mano. Te necesita, necesita saber que la quieres.

Ken bajó la silla, pero no la soltó.

–¿Cómo sabes tú lo que necesita?

–Como te he dicho, eres un hombre de suerte, Ken. Yo también pude haber tenido una mujer fantástica a mi lado y la perdí. No hagas tú lo mismo. Dentro de un par de horas, tendrás un hijo y en un par de días el niño y tu esposa volverán a casa. Van a necesitar mucho apoyo y cariño, todo el que tú les puedas dar. Y los dos te adorarán a cambio. Eso es muy importante.

–¿Eres un experto o qué?

–Yo no estoy casado, Ken, pero, míralo de este modo. Si pudiera cambiar mi situación por la tuya, lo haría enseguida. Una esposa es muy especial. Una esposa y un hijo lo son mucho más. No querrás estropearlo todo, ¿verdad? Ahora, suelta esa silla y ven a darle la mano a tu esposa.

Ken hizo lo que Chris le había pedido. Se había terminado el problema. De algún modo, Chris supo que ya no molestaría más.

–¿Tienes un momento, Chris?

Él parpadeó y miró hacia la puerta. Allí, en el umbral, estaba. Joy.

–Creo que voy ausentarme un minuto –dijo, antes de salir detrás de ella.

–He oído lo que le has dicho a ese hombre. Lo decías en serio, ¿verdad?

–No sabía que tú estabas escuchando, pero sí, lo decía en serio.

–Le dijiste que tenías una mujer maravillosa, pero que la habías perdido. ¿Te referías a mí?

–Claro, tú eres la única mujer de mi vida...

–Hmm. Es mejor que vuelvas con tu paciente –susurró ella, con la vez muy dulce–. Cuando haya tenido a su hijo, ven a verme.

Chris volvió a la sala y, tres horas después, nació una hermosa niña a la que sus padres habían decidido llamar Donna. Tras terminar de arreglar a madre e hija y mandarlas a una habitación, Chris fue a ver a Joy.

–¿Vas a hacer algo especial esta noche? –le preguntó ella, en cuanto entró en el despacho.

–Nada especial. Ir a casa y prepararme la cena.

–En ese caso, ¿puedo ir a tu casa y cenar contigo?

Aquella tarde, James y Anna habían vuelto a salir juntos. En esa ocasión advirtieron que podrían volver bastante tarde. Incluso James había sugerido que se quedaría a dormir en cada de Anna.

Por eso, tras cenar, Chris y Joy habían pasado a la cama, en la que estaban tumbados, desnudos. Chris la acariciaba suavemente. Habían hecho el amor muy dulcemente y Joy estaba tumbada, con los ojos cerrados, satisfecha con lo que él estaba haciendo. Chris le acarició los pechos, más voluminosos que antes y con los pezones oscurecidos por el embarazo. La curva del vientre era evidente y mostraba una piel casi transparente.

–Todo va a salir bien –le dijo ella–. Ya hemos superado un obstáculo, pero nos quedan más. No hay prisa para hacer planes. Pronto podremos hacerlos, pero todavía no.

–Pero yo quiero hablar de nombres –protestó Chris–. ¿Qué te parece Anna si es una niña y James si es un niño?

–¡Chris! ¡Eres un sentimental! Sin embargo, me parece una buena idea.

–Hay algo en lo que tenemos que pensar. Si me hago esa operación y todo sale bien, ¿cuántos niños tendremos?

–Espera a que haya tenido el primero –comentó ella, riendo–. Ya sabes que las madres siempre juran y perjuran en el parto que no van a tener más hijos.

–Ya lo sé, pero lo más gracioso es que siempre cambian de opinión. Bueno, otra cosa, ¿cuándo vamos a anunciar que soy el padre de este pequeño?

–Se acerca la Navidad y va a haber ya suficiente excitación. Creo que deberíamos esperar hasta después, si te parece bien.

–Yo prefiero cuanto antes mejor, pero haremos lo que tú digas.

–Cambiando de tema, ¿qué vamos a hacer el día de Navidad?

–Yo prepararé la comida del día de Navidad. Para Anna y para ti.

–¡Una idea estupenda! De acuerdo. Acepto, es decir, si mi madre está de acuerdo. Entonces, tú podrás ser mi pareja en el baile de Nochevieja del hospital.

–¿El Baile de Hogmanay, la fiesta típica escocesa del año nuevo? He oído hablar de ella. Se supone que es una ocasión muy especial.

–Lo es. La celebramos porque tenemos un gran número de escoceses en el hospital.

–Me encanta –dijo él, para luego quedarse en silencio durante un momento–. Por cierto, ¿de qué color va a ser tu vestido?

–¡Vaya pregunta máş rara! Evidentemente, tiene que ser alguno que no sea muy ceñido. Tengo uno negro en mente...

–El negro va bien –afirmó Chris, antes de besarla dulcemente.

Epílogo

ERA EL DÍA de Nochevieja. Chris hubiera querido ir a recoger a Joy para ir al Hotel Cliff, donde se celebraba el baile, pero había tenido que trabajar aquel día y, además, al final del turno, no había suficientes comadronas.

–Puedo quedarme a trabajar otras dos horas –le dijo a la coordinadora–. Tengo la ropa que voy a ponerme aquí.

–Chris, eres un cielo. No hay muchas personas que hicieran esto por mí el día de Nochevieja.

Entonces, telefoneó a Joy y le dijo lo que ocurría. Como ella trabajaba también allí, lo entendió perfectamente y quedaron en que se encontrarían en el vestíbulo del hotel a las ocho y media.

James y Anna iban a pasar una velada tranquila juntos y habían accedido a ir a buscar a Joy y a Chris al final del baile.

Afortunadamente, el parto que tenía que atender fue más fácil de lo esperado. A pesar de ser primeriza, Freda O´Toole era una de esas escasas mujeres para las que los partos no suponían problema alguno.

–Todas esas historias que me han contado sobre lo terrible que son los partos... ¡Tonterías! Ahora que he tenido uno, pienso tener otros cuatro.

–No siempre es así –le advirtió Chris.

–Bueno, tú me has tratado estupendamente y la próxima vez espero que me atienda también un hombre. Entonces, te vas de fiesta ahora, ¿verdad? Si tienes un momento, me gustaría que vinieras a mostrarme lo guapo que estás con ese traje.

—La mayoría de las mujeres que acaban de dar a luz solo quieren dormir, pero si quieres, vendré a verte.

Rápidamente, se duchó y fue a ponerse el traje que se había llevado al hospital. Luego, fue a la habitación de Freda. Ni esta ni ninguna de las compañeras con las que se encontró podían creer que aquel fuera el mismo hombre que, con un uniforme blanco, acababa de ayudar al nacimiento de un niño.

—Dicen que el hábito hace al monje —comentó Freda, con los ojos como platos—. Pues vaya monje en el que te ha convertido a ti.

Rápidamente, salió del hospital y tomó un taxi. Llego un cuarto de hora antes, por lo que estuvo haciendo un poco de tiempo. Cuando llegó la hora, salió de nuevo al vestíbulo y, entonces, vio a Joy.

Estaba bellísima, con una cascada de rizos que le caía hasta los hombros y un vestido negro, con un corte tan favorecedor que ocultaba perfectamente que estaba embarazada. Vio que otras personas la miraban con la misma admiración que él.

—Estás muy hermosa —le dijo, tras darle un beso en la mejilla.

—¿Yo? ¿Es que no te has mirado tú?

—Es el traje de gala de mi regimiento. Aunque estoy en la reserva, tengo derecho a llevarlo.

—Chris, estás guapísimo...

Llevaba unos pantalones azules oscuros con una faja roja y una chaqueta corta del mismo color. Esta llevaba unos galones dorados en los hombros y en los puños.

—Hace casi doscientos años, los oficiales de mi regimiento se sentaron vestidos así la noche antes de la batalla de Waterloo. La noche de después de la batalla, faltaban la mitad de ellos. Estoy muy orgulloso de llevar este uniforme.

–Y yo me siento orgullosa de estar con un hombre que lo lleva puesto. Vamos, quiero presumir de ti.

Como era un baile de gala, se unieron a la fila de invitados que esperaba que el maestro de ceremonias anunciara sus nombres en voz alta.

–Señorita Taylor y comandante Christopher McAlpine, CM.

–¿CM? –susurró ella–. ¿Qué significa eso?

–Es la Cruz Militar. Como con todas las medallas, significa que tuve mucha suerte, pero estoy muy orgulloso de tenerla.

–Por supuesto... ¡Oh, Chris, mira! ¡Otro uniforme como el tuyo!

–Es David. Ya sabes que estábamos en el mismo regimiento. Planeamos esto los dos juntos. Ven a conocer a su esposa, Mary. Es encantadora.

Joy sabía que se iba a divertir. Tenía la sensación de aquella fiesta iba a significar mucho más que el final de un año. Sería el principio de uno nuevo y también el de una nueva vida.

David y Mary estuvieron encantados de verlos y los cuatro buscaron una mesa juntos.

–Bueno, por fin os lo puedo preguntar –dijo Mary–. ¿Os gustaría venir a cenar con nosotros alguna noche?

–Nos encantaría –dijo Joy

Después, bailaron. No le sorprendió que Chris fuera tan buen bailarín. A pesar de que Joy no había bailado desde hacía meses, no había olvidado sus conocimientos. Además, en brazos de Chris, se sentía como una bailarina profesional.

–Me encanta bailar contigo –musitó ella.

–A mí me encanta estar simplemente contigo –replicó él.

Por alguna razón, la mesa a la que se sentaron era bastante popular. Mucho de los amigos de Joy se acercaron para pedirle un baile.

–Todos los hombres con los que he bailado han querido saber si eres el padre de mi hijo –susurró Joy, cuando volvieron a estar juntos minutos después–, aunque nadie se ha atrevido a preguntármelo directamente.

–Cuando tú estabas en la pista de baile, se me han acercado muchas de las otras comadronas, pero a mí todas me lo han preguntado directamente.

–¿Y qué les has respondido? –preguntó Joy, riendo.

–Las he mirado muy seriamente y les he dicho que ha de ser la madre la que anuncie el nombre del padre de su hijo. Que a mí no se me ocurriría ser el primero que hablara.

–Muy bien. Yo he evitado ir al tocador porque sé que, en cuanto entre, habrá un montón de mujeres que vendrán a pedirme detalles, pero todavía no he decidido qué decirles.

–Pues tendrás que hacerlo pronto. Vamos, va a ser medianoche enseguida. Todos tenemos que estar bailando para recibir el Año Nuevo. Por cierto, ¿qué te ha parecido el maestro de ceremonias?

–Es estupendo, ¿verdad? Es el jefe de seguridad y lo hace cada año Le encanta.

–Nos ha estado sonriendo toda la velada –comentó Chris–. Ahora, dime la palabra e iré a impedírselo.

–¿Impedirle qué? ¿Que deje de sonreír?

–Claro que no. No, supongo que podría evitar que anunciara nuestro compromiso.

–¿Nuestro qué? Chris, ¿qué has hecho?

–Bueno, ya sabes que te amo y sé que seremos muy felices. Los tres.

–¿Los tres?

–Bueno, tres para empezar. ¿Verdad que no quieres que le impida que diga que nos vamos a casar? Es evidente que lleva esperando el momento de hacerlo con mucha impaciencia.

–Pero Chris, yo...

En aquel momento, el maestro de ceremonias tomó la palabra.

–Señoras y caballeros. Dentro de dos minutos empezaremos la cuenta atrás para el Año Nuevo. Pero antes, tengo algo muy especial que anunciarles. Joy Taylor lleva con nosotros...

Chris se inclinó sobre ella y la besó. Entonces, le susurró al oído:

–Demasiado tarde...

Acepte 2 de nuestras mejores novelas de amor GRATIS

¡Y reciba un regalo sorpresa!

Oferta especial de tiempo limitado

Rellene el cupón y envíelo a

Harlequin Reader Service®

3010 Walden Ave.

P.O. Box 1867

Buffalo, N.Y. 14240-1867

¡Sí! Por favor, envíenme 2 novelas de amor de Harlequin (1 Bianca® y 1 Deseo®) gratis, más el regalo sorpresa. Luego remítanme 4 novelas nuevas todos los meses, las cuales recibiré mucho antes de que aparezcan en librerías, y factúrenme al bajo precio de $2,99 cada una, más $0,25 por envío e impuesto de ventas, si corresponde*. Este es el precio total, y es un ahorro de más del 10% sobre el precio de portada. !Una oferta excelente! Entiendo que el hecho de aceptar estos libros y el regalo no me obliga en forma alguna a la compra de libros adicionales. Y también que puedo devolver cualquier envío y cancelar en cualquier momento. Aún si decido no comprar ningún otro libro de Harlequin, los 2 libros gratis y el regalo sorpresa son míos para siempre.

416 BPA CESL

Nombre y apellido	(Por favor, letra de molde)

Dirección	Apartamento No.

Ciudad	Estado	Zona postal

Esta oferta se limita a un pedido por hogar y no está disponible para los subscriptores actuales de Deseo® y Bianca®.

*Los términos y precios quedan sujetos a cambios sin aviso previo.

Impuestos de ventas aplican en N.Y.

Bianca®...
la seducción y fascinación del romance

No te pierdas las emociones que te brindan los títulos de Harlequin® Bianca®.

¡Pídelos ya! Y recibe un descuento especial por la orden de dos o más títulos.

HB#33547	UNA PAREJA DE TRES	$3.50 ☐
HB#33549	LA NOVIA DEL SÁBADO	$3.50 ☐
HB#33550	MENSAJE DE AMOR	$3.50 ☐
HB#33553	MÁS QUE AMANTE	$3.50 ☐
HB#33555	EN EL DÍA DE LOS ENAMORADOS	$3.50 ☐

(cantidades disponibles limitadas en algunos títulos)

CANTIDAD TOTAL	$	_____
DESCUENTO: 10% PARA 2 Ó MÁS TÍTULOS	$	_____
GASTOS DE CORREOS Y MANIPULACIÓN	$	_____
(1$ por 1 libro, 50 centavos por cada libro adicional)		
IMPUESTOS*	$	_____
TOTAL A PAGAR	$	_____

(Cheque o money order—rogamos no enviar dinero en efectivo)

Para hacer el pedido, rellene y envíe este impreso con su nombre, dirección y zip code junto con un cheque o money order por el importe total arriba mencionado, a nombre de Harlequin Bianca, 3010 Walden Avenue, P.O. Box 9077, Buffalo, NY 14269-9047.

Nombre: _____

Dirección: _____ Ciudad: _____

Estado: _____ Zip Code: _____

Nº de cuenta (si fuera necesario):_____

*Los residentes en Nueva York deben añadir los impuestos locales.

Harlequin Bianca®

CBBIA

Rick McNeal susurró al oído de la mujer herida: «Te prometo que cuidaré de tu hijo como si fuera mío. No dejaré que le ocurra nada malo, te doy mi palabra», y se acercó a ella para acariciarle la mano con suavidad.

«Te creo».

Rick saltó sin saber de dónde venían aquellas palabras. Entonces se volvió hacia la mujer que dormía tan profundamente. ¿Sería verdad? No, era imposible. A menos que...

La voz del amor

Martha Shields

PÍDELO EN TU PUNTO DE VENTA

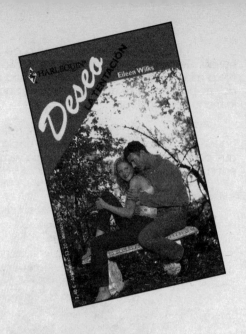

Aquella misión de incógnito llevó al especialista en misiones especiales Michael West hasta una selva tropical... con la bella Alyssa Kelleher. Michael debía llevar a la dama a un lugar seguro, pero su instinto lo impulsaba hacia un destino muy diferente: su cama. Sin embargo, el estricto sentido de la obligación de West le impedía dejarse llevar por tales instintos... hasta que un apasionado beso desató todo el deseo contenido. La encantadora Alyssa abrió la puerta de su intimidad y Michael prometió convertirla en su esposa. Ella era una auténtica tentación y... ¿qué mejor que caer en esa tentación noche tras noche?

PÍDELO EN TU PUNTO DE VENTA